RADAN SLOBODAN
DIE ZERRISSENE LIEBE
Roman

RADAN SLOBODAN

DIE ZERRISSENE LIEBE

Roman

edition fischer
im
R. G. Fischer Verlag

Die Deutsche Bibliothek – CIP-Einheitsaufnahme

Slobodan, Radan:
Die zerrissene Liebe : Roman / Radan Slobodan. –
Frankfurt (Main) : R. G. Fischer, 1992
    (Edition Fischer)
    ISBN 3-89406-536-2

Satz: Satzservice Hannelore Kniebes, Babensham
Schriftart: New Century 10/12'n
Herstellung und Verlag: Books on Demand GmbH, Norderstedt
Printed in Germany
ISBN 978-3-8370-3877-4

Nur in Frieden und im Zusammenleben werden wir der
Natur helfen.
– Natur –, das sind auch wir selbst.

Die schwache Windbrise wehte ihnen über die verschwitzten Gesichter. Das Quietschen des alten Herrenfahrrads wurde immer wieder durch Annas lautes Lachen übertönt.
Stefan mußte sich Mühe geben, um die Richtung zu behalten. Nicht nur der Fröhlichkeit seiner Freundin, sondern auch der Küsse wegen, die er immer wieder von Anna bekam. So bewegten sich die zwei jungen Menschen jetzt über die staubige Waldstraße des heimatlichen Waldes. Wenn sie zufällig ein Waldspaziergänger gesehen hätte, würde er bei Stefan und Anna kein bißchen Müdigkeit feststellen können – nur das Leben, das sprühende Leben, das sie beide mit sich riß und aus jeder ihrer einzelnen Poren atmete. Anna und Stefan verbrachten den ganzen Nachmittag auf einer der wunderschönen aufgeblühten Waldlichtungen. Sie waren müde, als sie hinauffuhren, müde von der gestrigen Schulfeier, die dem gut bestandenen Abitur galt, aber die Munterkeit siegte dennoch, und die Fröhlichkeit überwog.
Sie freuten sich vor allem, daß sie ihre Weiterbildung gesichert hatten. Das schönste daran war, daß sie auch während dieser Zeit zusammenbleiben würden. Das würde erst in einigen Wochen soweit sein, denn vorher mußte sich Stefan von Anna für vierzehn Tage verabschieden, um ihr einen guten Urlaub auf Gran Canaria zu wünschen. Er selbst wäre am liebsten mitgeflogen, aber seine Ausbildung als Kriminalinspektor sollte bereits in dieser Woche beginnen. Daher war die Reise nach Frankfurt für den nächsten Tag vorgesehen, um sich rechtzeitig melden zu können.
Die Sonne blendete sie mit ihren schwachen roten Strahlen, als Stefan eine halbe Stunde später sein Fahrrad vor Annas Haus anhielt. Mit einem langen Kuß verabschiedeten sie sich, und Stefan mußte ihr versprechen, am nächsten Tag vor der Abfahrt noch einmal zu kommen. Kurz danach befand er sich auf dem Weg nach Hause. Die Dunkelheit hatte sich längst über das kleine Gebirgsdorf niedergelassen. Als er kurz vor seinem Haus war, fiel ihm sofort auf, daß der Garten hell erleuchtet war. Er fragte

sich warum, denn seine Eltern machten so etwas nur bei feierlichen Anlässen. Stefan sah auch zahlreiche Menschen im Garten, und das verwirrte ihn noch mehr. Die Neugier brachte ihn dazu, daß er um das Haus herumging, um zuerst den Garten zu betreten. Er stand eine Weile in der Dunkelheit und sah vor sich zwei lange weißgedeckte Tische, die reich gedeckt waren. Es gab viel zu essen und Getränke in allen Sorten. Hinter den Tischen erkannte Stefan seine Eltern und weitere Familienangehörige. Er erkannte auch sofort seine Tante Luise, die er sehr mochte. Er nahm sich vor, sie zuerst zu begrüßen.
Mit dieser Absicht ging er weiter. Kaum hatte er die Dunkelheit verlassen, kamen ihm schon die ersten Menschen mit Begrüßungen und Gratulationen entgegen. In dem Augenblick wurde ihm klar, daß dieses Fest ihm galt. Als Stefan nach einigen Minuten seiner Mutter und seinem Vater gegenüberstand, fragte er sie, weshalb sie ihm nichts davon gesagt hätten, denn er hätte sich dann wenigstens passend zu dem Fest anziehen können. Doch die Eltern sagten nur: „Wir sind ja so glücklich, daß du dein Abitur geschafft hast. Und außerdem sind wir froh darüber, daß du einen Ausbildungsplatz gefunden hast."
„Und was deinen Anzug betrifft, so kannst du ihn ja noch immer anziehen", sagte Stefans Mutter Sybille.
Stefan umarmte lachend seine Eltern und gab zu, daß ihn die Feier ganz schön überrascht habe. „Ich danke euch beiden für alles, was ihr für mich getan habt", sagte er, und er konnte in diesem Moment die Freude direkt aus ihren glänzenden Augen ablesen. Wie er sich so mit seinen Eltern unterhielt, sah er seine Tante Luise auf dem Stuhl sitzen. „Ach, du lieber Gott", sagte Stefan. „Ich habe ganz vergessen, die Tante Luise zu begrüßen." Er bedankte sich noch einmal bei seinen Eltern, bevor er sich mit großen Schritten auf den Weg zu seiner Tante machte.
Tante Luise war eine ältere Dame um die Siebzig, die Schwester von Stefans Vater. Luise hatte ein Mal geheiratet, aber das Schicksal ließ ihr den Mann nur eine Woche. Stefans Onkel mußte im Krieg an die Ostfront und kam von dort nicht mehr zurück. Luise hatte das aber nie glauben

wollen, daß ihr Hans nicht mehr zurückkommen würde. Nur Stefan ließ sie in ihr Herz und betrachtete ihn wie ihren eigenen Sohn. All das ging ihm durch den Kopf, während er sich ihr von der Seite näherte. Das tat er immer so, damit sie ihn nicht bemerken konnte, denn er wollte nicht, daß sich seine Tante beim Aufstehen quälte. Sie benötigte nämlich zum Gehen Krücken. „Tante Luise", rief Stefan. Sie drehte den Kopf noch nicht herum, aber sie hielt schon die Hände in die Luft und rief laut: „Stefan, mein Junge, da bist du ja endlich." Stefan beugte sich zu ihr, umarmte sie und gab ihr einen Kuß auf die Wange. Luise küßte ihn auch. Sie nahm dann aber rasch ihr weißes Taschentuch und versuchte, ihre Tränen wegzuwischen. Stefan tat so, als bemerkte er es nicht.

Nachdem die Tante ihre Tränen abgewischt hatte, gratulierte sie ihrem Neffen zum gut bestandenen Abitur. Gleichzeitig wünschte sie ihm alles Gute für seinen zukünftigen Ausbildungsplatz. „Nun, da ich dir gratuliert habe", sagte sie, „möchte ich dir auch mein Geschenk überreichen."

Stefan schaute etwas verwirrt, um gleich darauf zu sagen: „Tante, ich danke dir für deine Mühe, aber sei bitte nicht beleidigt, wenn ich zuerst schnell ins Haus gehe, um mich umzuziehen." – „Ach was", sagte Luise, „du hilfst mir jetzt auf die Beine, und ich zeige dir die Überraschung. Danach kannst du dich umziehen." Stefan wußte, daß es keinen Sinn haben würde, sich zu widersetzen. Deshalb tat er auch genau das, was seine Tante von ihm erwartete. Die beiden verließen unbemerkt den Garten. Wenige Minuten später standen sie vor dem schwach beleuchteten Eingangstor des Hauses

In diesem Moment wollte er nicht glauben, was er dort stehen sah. Er traute sich aber auch nicht, seine Tante zu fragen, ob das das für ihn bestimmte Geschenk wäre. Für kurze Zeit standen die beiden schweigend da und schauten sich das dunkelblaue, mit Windschutz versehene große Motorrad an. Es war Luise, die das Schweigen brach. „Na, mein Junge, du sagst mir ja gar nicht, ob dir mein Geschenk gefällt." Erst jetzt, als Stefans Gedanken bestätigt wurden, begriff er, daß die 750er Kawasaki ihm gehörte. Er

drehte sich zu Luise um, umarmte sie fest mit seinen
Händen, und auf einmal hob er sie hoch. Wie er sie an seine
Brust gepreßt hatte, fing er an, einen Walzer zu tanzen,
und sagte immer wieder: „Danke, Tante. Danke, Tante."
Luise hingegen hörte nicht richtig auf die Worte ihres Neffen, sondern klopfte mit ihren Krücken an Stefans Beine
und sagte dabei immer wieder: „Laß mich runter! Laß mich
bloß runter, sonst kriege ich keine Luft. Hast du gehört?"
Doch Stefan tanzte weiter. Wenn er nicht seine Eltern
hinter sich mit den erstaunten Gesichtern gesehen hätte,
hätte er nie aufgehört. „Stefan", riefen sie ihm zu. „Um
Gottes willen. Laß die Tante runter."
Nach diesen Worten bekam Luise wieder festen Boden
unter die Füße. Nach einer kurzen Pause atmete sie wieder
ruhig. Sie merkte aber, daß sie Stefan in Schutz nehmen
mußte, bevor seine Eltern noch mehr mit ihm schimpften.
„Na, freut ihr euch nicht über Stefans Geschenk?" fragte
sie. „Na klar, freuen sie sich", sagte Stefan und ging gleich
darauf zu dem großen Motorrad im Garten. Wenige Schritte davor blieb er stehen, und mit weit geöffneten Augen
musterte er das Geschenk, diesen Koloß der Technik. Ihm
gingen verschiedene Gedanken durch den Kopf. Er sah
genau, wie er zusammen mit Anna auf dem dunkelblauen
Motorrad die umliegende Gegend abfahren würde, und er
sah in Annas Gesicht die Freude. Er vertiefte sich mehr in
seine Gedanken, so sehr, daß er die Gegenwart überhaupt
nicht mehr wahrnahm.
Luise hingegen nahm das Dankeschön von Stefans Eltern
an. Aber gleich danach mußte sie sich anhören, daß es nicht
notwendig gewesen wäre, Stefan eine so teure Maschine zu
kaufen. „Und wie kommst du denn überhaupt auf so eine
Idee, Stefan ein Motorrad zu kaufen?" fragten die Eltern.
Luise wies sämtliche Vorwürfe energisch zurück. „Ach
was", sagte sie, „der Junge besitzt schon seit einem Jahr
seinen Führerschein. Und jetzt, wo er weit weg geht, kann
er uns mit diesem Ding da besuchen kommen." Sie zeigte
mit ihrer zitternden Hand auf das Motorrad. Die Hand
immer noch in der Luft erhoben, rief sie auch Stefan zu
sich. Er drehte den Kopf zu seiner Tante und sagte aber

10

nichts. Das war Luise auch recht, denn sie wollte etwas sagen. „Hör zu, Stefan", begann sie. „Dieselben Leute, die das Motorrad abgestellt haben, haben auch eine Kiste abgestellt, links neben dir. Nimm sie, denn dort ist ein Motorradanzug drin, mit allem Drum und Dran. Jetzt kannst du auch von mir aus in das Haus gehen und dich umziehen." Mit zitternden Händen klammerte sie sich an ihre Krükken. Mit einer etwas ermüdeten Stimme bat sie Sybille und Heinz ihr zu helfen, zurück in den Garten zu kommen. Stefan verlor keine Zeit, um in seinen Lederanzug zu springen. Kaum waren fünf Minuten vorbei – Tante Luise hatte gerade mit Stefans Eltern den Garten betreten – saß Stefan schon in voller Ausrüstung auf seiner dunkelblauen „Kawasaki". Mit dem rechten Daumen drückte er auf den Startknopf. Im gleichen Moment heulte die schwere Maschine auf. Sein Körper zitterte. Die Hände hielt er fest am Lenkrad. Er überlegte fieberhaft, ob er jetzt Anna besuchen sollte, um mit ihr eine Runde zu fahren. Er entschied sich dann doch dagegen, denn ihm wurde bewußt, daß es ziemlich spät für einen Besuch war. Und außerdem, dachte er, ist Anna sowieso mit Packen beschäftigt. Diese beiden Dinge brachten ihn zu dem endgültigen Entschluß, die Fahrt allein zu unternehmen. Die stille Sommernacht wurde durch die 750er Kawasaki gestört.
Er befand sich in einem Rausch, den er bisher nicht gekannt hatte. Seine Gedanken konzentrierten sich auf die Straße.
Am nächsten Tag – die ersten Sonnenstrahlen kamen schon aus den Wolken – wurde Stefan von seiner Mutter geweckt. „Mein Junge", sagte Sybille, „du liegst ja noch im Bett." Stefan wurde nur mit großer Mühe richtig wach. Das erste, was ihm durch den Kopf ging, war, daß er mit dem nächtlichen Ausflug etwas zu weit gegangen war. Es war nämlich schon längst Mitternacht, als er zurückkehrte. Im Garten herrschte eine absolute Stille. Erst jetzt spürte er in den Knochen die Müdigkeit. Aber er dachte sich, daß seine Mutter recht hatte, denn er mußte ja heute verreisen, und es war höchste Zeit, daß er mit dem Packen begann. Mit halb geöffneten Augen drehte er seinen Kopf in Rich-

tung Zimmertür, wo immer noch seine Mutter stand. „Ja, Mutter, ich werde gleich aufstehen. Nur noch eine Minute“, sagte Stefan, und als er zu Ende gesprochen hatte, schlossen sich seine Augen. Als die Mutter mit einer deutlich lauteren Stimme rief, half dies endlich auch. Wenig später stand er nämlich unter der Dusche. Nachdem Stefan gefrühstückt hatte, fing er an, eifrig seine Reisetasche zu packen. In einem Moment, als er seine Tasche aus den Augen ließ und zur Tür schaute, sah er seine Eltern hinter sich stehen. Sie machten ein trauriges Gesicht. Stefan hörte auf zu packen und begab sich zu ihnen. „Na, ihr beiden“, sagte er lächelnd, „ihr tut so, als ob ich jetzt Gott weiß wohin gehe, und dabei ist Frankfurt gar nicht so weit weg von hier. Außerdem werde ich ja jedes Wochenende über bei euch sein, jetzt, wo ich ein Motorrad bekommen habe.“ Dann schaute er seiner Mutter in die Augen und sagte: „Ich schwöre es dir, Mutter, ihr beide werdet mich nicht vermissen.“ Danach gab er seiner Mutter einen dicken Kuß. „Und so traurig schaut ihr mich bitte nicht mehr an“, sagte er, und sie versuchten zu lachen. Dem Vater Heinz gelang es, aber der Sybille nicht. Die mußte sich nämlich die Tränen abwischen. Seufzend sprach sie: „Mein Kind, du bist das einzige, was ich und dein Vater haben, und du hast uns viel Freude bereitet, seitdem du auf die Welt kamst. Wir haben versucht, dir alles zu geben, was du wolltest, und wir werden das auch immer für dich tun.“ Sybille hatte noch vieles auf dem Herzen, was sie ihrem Sohn vor der Abreise sagen wollte, aber die Tränen wollten nicht mehr aufhören zu fließen, und deshalb ging sie weinend in die Küche. Als die Mutter weg war, ging der Vater zu seinem Sohn. „Mein Junge“, sagte er, „die Mutter hat recht mit dem, was sie sagt. Du mußt sie aber auch ein bißchen verstehen.“ Danach klopfte er leicht mit seiner Hand auf Stefans Schulter und verließ das Zimmer mit gesenktem Kopf.
Stefan blieb noch eine Zeitlang stehen, bevor er das Packen fortsetzte.
Es war kurz vor neun Uhr am Sonntag morgen, als Stefan das Wohnzimmer betrat. An ihm glänzte der nagelneue, schwarze Lederanzug. In der linken Hand hielt er den

Sturzhelm und die Lederhandschuhe. Die rechte Hand reichte er seinen Eltern. „Vater, Mutter, ich muß mich jetzt verabschieden", sagte er. Die Eltern kamen ihm entgegen, die Sybille vor dem Heinz, dem jetzt auch die Augen voller Tränen standen. Die Verabschiedung dauerte nicht lange, denn Stefan wollte es so. Aber die Mutter konnte er nicht überreden, im Haus zu bleiben, während er wegging.

Am späten Nachmittag sah er die ersten Wolkenkratzer der Mainmetropole. Es war Sonntag, kurz nach zwei Uhr nachmittags, und die Wolken ließen herrlichen Sonnenschein durch, als ob sich die Stadt vor Stefan von ihrer besten Seite zeigen wollte. Stefan wußte, daß die Schule außerhalb der Stadt lag, er mußte sich erst um 18 Uhr blicken lassen. Also hatte er noch etwas Zeit für sich. Er wollte erst einmal die Stadt kennenlernen. Vom Westen aus kam er am Messeplatz vorbei, fuhr von dort bis zur Mainzer Landstraße und bog dann links ab zur Alten Oper. Dort stellte er seine Maschine ab. Vor diesem prachtvollen Gebäude hielt er sich eine Zeitlang auf, bevor er weiter zu Fuß die Freßgasse durchquerte. Dieser Teil der Stadt war voller Leben. Es gab viele Cafés und kleine Geschäfte, die ihre Schaufenster mit allen möglichen Artikeln geschmückt hatten. Überall auf dem langen Fußgängerweg standen gedeckte Tische, an denen zahlreiche Menschen saßen. Stefan hatte große Mühe, einen Platz für sich zu finden.
Kaum hatte er sich hingesetzt, stand schon ein junges blondes Mädchen neben ihm und nahm seine Bestellung auf: ein Glas kaltes Bier. Es dauerte kaum eine Minute, und das blonde Mädchen stand wieder vor ihm, lachte ihm freundlich zu, und mit der linken Hand gab sie ihm sein Glas. Er wollte zahlen, aber als er sein Portemonnaie aus der Tasche zog, war das Mädchen weg. Über sein Gesicht glitt ein Lächeln, und im gleichen Moment griff er nach dem Bierglas. Nachdem sein Durst gelöscht war, konnte sich Stefan intensiver nach dem Mädchen umschauen. Er begann nach einer Weile, die Atmosphäre um sich herum zu genießen. Dabei mußte er an Anna denken, von der er

sich heute morgen verabschiedet hatte. Er malte sich in Gedanken genau aus, wie überrascht sie war, als sie ihn auf dem Motorrad sah. Er hatte ihr versprechen müssen, jede freie Minute, die sie in Frankfurt haben würden, auf dem Motorrad zu verbringen. Ja, es war herrlich, sich dem Wind so entgegenzustellen, dachte er, aber das hier mußte Anna unbedingt sehen.

Tangomusik aus irgendeinem Lautsprecher riß ihn aus seinen Gedanken. Stefan sah nach links und entdeckte einen alten Zigeuner mit Hut, der auf einer Harmonika spielte. Das überraschte ihn sehr, denn er hatte bisher noch nie einen Straßenmusikanten gesehen. Die Melodie gefiel ihm sehr, deshalb gab er auch etwas Geld, als der alte Musikant einige Minuten später mit seinem Hut beim Publikum sammelte. Nachdem er sein Glas ausgetrunken hatte, winkte er der Bedienung zu, um seine Rechnung zu bezahlen.

Wenig später saß er auf seiner Maschine und machte sich auf den Weg zu seiner zukünftigen Ausbildungsstätte. Die Polizeischule befand sich etwa zehn Kilometer nördlich von Frankfurt. Die erreichte er kurz vor 19 Uhr. Das militärartige Gebäude wirkte auf ihn nicht erschreckend, wie er sich gedacht hatte, sondern es wirkte eher wie ein altes, städtisches Gebäude. Von solchen gab es viele in der Stadt. Im Ausbildungszentrum befand sich der Zivilpark, wo er seine Maschine stehen ließ. Mit der Reisetasche ging Stefan in das Haus. An der Rezeption legte er seinen Ausweis vor und seine Schulanmeldungsbescheinigung. Wenige Minuten später kam auf Stefan ein junger Mensch in einer Polizeiuniform zu. Er begrüßte ihn freundlich und forderte ihn auf, mit ihm zu kommen. Sie überquerten mit schnellen Schritten das Ausbildungsgelände und erreichten das Lager, in dem Stefan sämtliche Ausrüstungen bekam; außer den Waffen. Er schrieb seinen Namen auf einen Karton und begab sich mit dem jungen Polizisten zu den Schlafräumen. Er kam in ein westlich gelegenes Gebäude. Über die Treppen erreichte er das Stockwerk und ging dann durch einen langen Flur. An dessen Ende blieb er stehen. Der Beamte drehte sich zu ihm um und sagte:

14

„So, Herr Rüdiger, hier ist Ihr Zimmer. Merken Sie sich die Zimmernummer." Nach dieser kurzen Information öffnete der Beamte die Tür und ging als erster hinein. Kurz darauf folgte Stefan.

Er stellte gleich fest, daß dieser Raum auf keinen Fall mit seinem Zimmer zu vergleichen war. Die Decke war deutlich höher, und im Zimmer standen drei Betten. Neben den Betten standen jeweils drei rote Schränke. Außer ihm und dem Beamten befanden sich noch zwei weitere Personen im Zimmer. Stefans Begleiter sprach einen von ihnen an. „Das ist euer neuer Kollege. Macht euch mit ihm bekannt und helft ihm dabei, die Uniform ordnungsgemäß in den Schrank zu räumen. Beantwortet seine anderen Fragen, falls er welche hat." Danach ging er. Die im Zimmer Gebliebenen schauten sich kurz schweigend an, dann kam der von dem Beamten Angesprochene auf Stefan zu und gab ihm die Hand. „Martin heiße ich", sagte der einen Kopf kleinere jüngere Mann. Dann deutete er auf den anderen Zimmergenossen. „Michael heißt der Blonde", sagte er. Michael war der Größte von denen im Zimmer, etwa so groß wie Stefan. Gleich nach der Bekanntmachung packten die drei Stefans Dienstsachen aus und hängten sie der Reihe nach in den Schrank. Einiges ließen sie am Rand stehen und sagten zu Stefan, daß er in die Klamotten hineinschlüpfen solle, denn ab heute seien dies seine neuen Sachen. Er müsse sich daran gewöhnen, wenn er hierbleiben wolle. Schweigend nahm er sie an sich, und ohne an etwas Bestimmtes zu denken, zog er sie an. Martin sagte zu Stefan, daß er jetzt in Ruhe in den Waschraum gehen könnte, um zu sehen, wie ihm die Uniform stünde, denn im Waschraum befände sich ein großer Spiegel.

Ohne lange zu zögern tat er das auch, denn er wollte seine Neugier befriedigen. Beim ersten Blick in den Spiegel kam er sich ganz fremd vor. Vor ihm stand nicht der lustige Stefan, der es vorzog, raus in die Sonne zu gehen und bunte T-Shirts zu tragen statt zu arbeiten. Er sah vor sich einen ernsten Typen in einer wohlbekannten Uniform. Als er die erste Bekanntschaft mit seiner Uniform gemacht hatte, fing er laut zu lachen an, obwohl ihm klar war, daß dafür kein Grund vorlag. Er versuchte aber, sich dadurch zu erinnern, daß er eigentlich eine Person mit viel Humor war. Nach einigen Minuten stand Stefan vor der Eingangstür seines Schlafzimmers. Er drückte den Türgriff nach unten und war gerade dabei, den ersten Schritt in seinen Schlafraum zu machen, als plötzlich kaltes Wasser über ihn gegossen wurde. Es war für ihn bereits zu spät, auf die Seite zu springen. Das einzige, was ihm noch blieb war, so schnell wie möglich aus den Sachen herauszukommen. Er tat dies aber mit Begleitung eines grölenden Geschreis und stellte fest, daß die drei Anwesenden sich am Boden festhielten und fast kaputtlachten. Stefan überlegte nicht lange. Mit der rechten Hand schnappte er das Kopfkissen, und mit festem Wurf traf er den erstbesten. Er sah nicht genau, wen er getroffen hatte, aber es dauerte nur wenige Sekunden, bis er selber ein Kopfkissen gegen den Kopf bekam. So wurde das Gelächter unterbrochen, und es entstand eine Kissenschlacht daraus.

Die vier Zimmergenossen schlugen wild um sich, und immer wenn einer lachen wollte, bekam er ein Kissen ab. Sie hätten die Kissenschlacht auch fortgesetzt, wenn nicht eine laute Stimme gerufen hätte: „Aufhören! Auf der Stelle aufhören!" Die vier blieben stehen. In den Händen hielten sie die Kopfkissen, und gleichzeitig drehten sie ihre Köpfe zu der Eingangstür, an der ein Uniformierter stand, knapp ein Meter sechzig groß und breitschultrig.

„Was habt ihr euch eigentlich gedacht?" schrie der Beamte. „Wenn ihr denkt, daß ihr zu Hause seid, dann habt ihr euch aber böse getäuscht. Und falls ihr denkt, daß diese Schule ein Schweinestall ist, dann werde ich euch beweisen, daß das nicht so ist. Habt ihr mich verstanden?" Dieser Satz kam sehr deutlich hervor. „Nun, da ihr nicht wißt, wohin mit eurer Kraft", sprach er weiter, „werdet ihr mir jetzt einige Übungen vormachen." Dann befahl er den vieren, am Boden Liegestützen zu machen. Die ersten zehn Stück schafften sie locker, aber bei den weiteren zehn Stück begannen sie langsam, an der Stirn zu schwitzen. Aber der Beamte blieb aufrecht stehen und wartete so lange, bis sie am ganzen Körper schwitzten.

Die ersten beiden fielen zu Boden, aber sie wurden aufgefordert, mit Liegestützen weiterzumachen. Stefan hatte bis fünfzig gezählt, und das Zählen nahm ihm die Kraft weg, so daß er nur noch atmen konnte. Es dauerte einige Minuten, bis sie aufhören durften. „Nun, habe ich euch jetzt überzeugt, meine Herren?" sagte der kleine Beamte. „Und merkt euch für immer, daß in diesem Haus die Hausordnung befolgt wird. Und das gilt für euch genauso wie für die anderen." Nach diesem immer noch lauten Ton machte er eine kleine Pause, bevor er, diesmal mit einem Zähneknirschen, weitersprach: „Das hier, meine Herren, war nur ein kleiner Vorgeschmack von dem, was ich euch zukünftig unterrichten werde." Dann drehte der Beamte sich um und verließ mit schnellen Schritten den Raum. Hinter ihm blieben die vier durchgeschwitzt auf dem Boden liegen, und jeder von ihnen versuchte, soviel frische Luft wie möglich einzuatmen.

„Mann, das war vielleicht ein Arschloch", sagte Martin. Außer Martin waren alle still, sogar Stefan. Er suchte schweigend sein Handtuch und ging in den Waschraum, wo er sich unter die kalte Dusche stellte. Er spürte, wie sich der Schweiß von seinem Körper spülte, und genoß die kalte Erfrischung. Er dachte an Anna, an ihre zarten weißen Hände und an ihr hübsches weißes Gesicht. Vor allem dachte er an ihr optimistisches Lächeln, das immer in ihrem Gesicht stand.

Seine starken Hände griffen nach dem glänzenden Stahlgeländer. Sie muß kommen, sie müßte kommen, jetzt kann es nicht mehr lange dauern. Das Flugzeug ist bereits vor einer halben Stunde gelandet. Dieser Gedanke ging Stefan durch den Kopf, und seine Blicke streiften die Menschen, die gerade den Zoll passiert hatten. Er sah Anna in einem Raum stehen, der für Personen, die nicht in dem Flugzeug waren, gesperrt war. Er rief ihr zu, aber sein Schrei verlor sich in der Menschenmasse. Stefan versuchte es noch ein paarmal, aber Anna konnte ihn nicht hören.
Danach hob Stefan seine Hände in die Luft in der Hoff-

nung, gesehen zu werden. Er hätte Anna auch weiterhin zugewunken, doch plötzlich klopfte ihm jemand auf die Schulter. Langsam drehte er seinen Kopf um, und hinter ihm standen Annas Eltern. Stefan wußte im ersten Moment nicht, was er sagen sollte, denn er war überrascht. Aber er ließ sich das nicht anmerken, sondern begrüßte die zwei freundlichen Menschen, die ihm schon länger bekannt waren. Annas Mutter Dagmar sagte zu Stefan, daß sie angenehm überrascht sei, ihn hier zu treffen. Kurt, Annas Vater, gab Stefan die Hand. Doch er war genauso überrascht wie Dagmar, daß Stefan einen Lederanzug trug. Stefan erzählte dann den beiden von dem Geschenk, das er von seiner Tante Luise bekommen hatte, und von seiner Gartenparty, aber seine Blicke gingen immer wieder auf die lange Schlange, die von der Zollkontrolle kam. Einige Minuten lang wendete er sich ganz Dagmar zu, um ihr zu beschreiben, wie froh er auf dem Fest gewesen war. Plötzlich legten sich zwei weiche Hände über seine Augen. In diesem Moment schoß Stefan das Blut in den Kopf, und sein Herz klopfte schneller, denn er wußte, daß das nur Anna sein konnte. Schnell drehte er sich um. Stefan hätte Anna gern einen sehr langen Kuß gegeben, doch ihre Eltern waren da, und deshalb gab er ihr nur die Hand und lachte sie an. In dem Moment, in dem sich ihre Hände berührten, ging durch die beiden jungen Körper eine heiße, zärtliche und unbeschreibliche Kraft. Sie hielten sich fest an den Händen und schauten sich direkt in die Augen. Anna und Stefan strahlten ein großes Verlangen aus, und das merkte auch Annas Mutter.

Sie sagte: „Na los, gib ihr doch endlich einen Kuß!" Sie sagte das, indem sie Stefan leicht auf die Schulter klopfte. Dagmar mußte das nicht zweimal sagen, denn bereits beim erstenmal waren ihre Lippen verschmolzen. Es war für die beiden der kürzeste, aber auch der schönste Kuß, denn dadurch entflammten ihre Gefühle füreinander noch mehr. Nach diesem gefühlvollen Kuß trat Stefan an die linke Seite von Anna und ermöglichte dadurch, daß auch Annas Eltern ihr Kind begrüßen konnten. Als Stefan Anna so betrachtete, merkte er, wie gut ihr der Urlaub auf Gran

Canaria getan hatte. Sie hatte sich eine schöne Bräune geholt. Ihr zartes, rundes Gesicht strahlte viel intensiver, und ihre grünen Augen waren für ihn viel anziehender geworden. Stefan wollte wissen, ob Anna wohl am ganzen Körper so braun sei, und er fing an, sich ihren nackten Körper vorzustellen.

Plötzlich wurde er von Annas Stimme in die Gegenwart zurückgerufen. „Stefan", sagte sie, „hilf mir bitte den Koffer tragen, denn wir müssen los." Eine Viertelstunde später befanden sie sich am Auto von Annas Eltern, das in einer Tiefgarage abgestellt war. Mit Stefans Motorrad machten sie sich dann auf den Weg zu einem Stadtbummel. Sie mußten den Eltern versprechen, daß Anna rechtzeitig zu Hause sein würde.

Kurz darauf lenkte Stefan die dunkelblaue Maschine am Waldstadion vorbei. Hinter ihm saß Anna und klammerte sich fest an seine Hüften. An der Niederräder Kreuzung bog er nach rechts ab. Nach zehn Minuten erreichte er dann die Elisabethenstraße, über die er in die Stadt hineinfuhr. Auf der rechten Seite ragte hoch hinauf der Henninger Turm, und vor ihnen lag der alte Stadtteil Sachsenhausen. Nach wenigen Minuten Fahrt überquerten sie den Main und erreichten die Konstablerwache. Dort stellte er seine Maschine ab und ging zu Fuß mit Anna die Zeil hinauf. Anna konnte ihre Bewunderung nicht verbergen. Sie fand es hinreißend, wie sich hier an der Zeil die moderne Architektur mit der Natur verband, und fand es gut, daß unzählige Menschen hier Platz gefunden hatten.

Stefan suchte vergeblich zwei freie Plätze in den zahlreichen Bistros der Zeil. So entschloß er sich, nachdem sie die Hauptwache erreicht hatten, Richtung Eschersheimer Turm zu gehen und dort ein Café zu suchen. Wenige Minuten später saßen Anna und Stefan an einem kleinen runden Marmortisch und warteten auf ihre Bestellung, und zwar im „Brasilianischen Caféhaus". Das stand voll mit tropischen Pflanzen, sogar einige steinerne Skulpturen und Springbrunnen hatten hier Platz gefunden. Die´ Wände waren mit Spiegeln bedeckt, daher kam Anna das Café ungewöhnlich groß vor. Ihr fiel sofort das große

Fenster auf, welches ihr sehr gut gefiel. Stefan hingegen
bewunderte die Schönheiten, die jetzt an ihren Tisch gebracht wurden.
Anna erzählte über ihre Erlebnisse im Urlaub, über das
rauschende Meer und über die Palmen am Strand. Es ist
schön, ihr zuzuhören, dachte Stefan. Aber noch schöner
war ihre bezaubernde Ausstrahlung, der Stefan nicht widerstehen konnte. Jetzt, da er wieder mit ihr zusammen
war, vergaß er die letzte Zeit, die er in der Nähe der Schule
verbracht hatte. In ihm entzündete sich eine Flamme der
Sehnsucht nach Annas Liebe, und er konnte die Flamme
nicht lindern, auch nicht später beim Spazierengehen, als
er sie fest umarmt hielt.
Die Lichter der Großstadt brannten, als die beiden zum
Motorrad gingen. Sie fuhren in Stefans Heimatort, um dort
gemeinsam das Wochenende zu verbringen.

Die Nahkampftechnik wollte Schulze seinen Schülern erst
beibringen, wenn sie einen gewissen Grad von Körperkon-
dition besäßen. „Nun ist es soweit“, sprach Schulze zu den
Männern in der Turnhalle. „Wir werden heute die ersten
Grundregeln lernen, und ich rate euch, sie euch gut zu
merken. Vor allem trainiert fleißig! Ihr müßt die Regeln beherrschen, denn es könnte euch einmal das Leben retten.“
Stefan und seine Zimmergenossen konnten Schulze gar
nicht wiedererkennen. Der Mann, der sie vor ein paar
Wochen bis auf die letzte Kraft austrainiert hatte, kam
ihnen heute wie ein Prediger vor.
Doch Schulze hielt sich nicht lange mit reden auf. Er holte
einen Schulteilnehmer zu sich, um mit ihm die ersten
Griffe zu demonstrieren.
Stefan beobachtete zwar die Nahkampfdemonstration, aber
mit den Gedanken war er bei Anna. Er mußte an das zurückliegende Wochenende denken. Es war herrlich, die
Zeit mit Anna zu verbringen und alte bekannte Plätze aufzusuchen. Vor allem freute er sich, daß Anna ihm gesagt
hatte, daß sie selbst in wenigen Tagen nach Frankfurt
ziehen würde, um dort ihr Studium zu beginnen. „Das wird

herrlich", sagte er sich. „Wir werden jeden Tag zusammensein und die Zeit der Liebe genießen." Ein dumpfer Schlag seines Zimmergenossen Martin holte ihn wieder in die Wirklichkeit zurück.
„He Mann!" rief ihm Martin zu. „Was willst du von mir?" fragte Stefan erschrocken. „Ich will nichts, aber der Schulze will dich da vorne haben, um dir ein paar Tricks zu zeigen", antwortete Martin.
Stefan begriff, daß er so tief in seine Gedanken versunken gewesen war, daß er nicht bemerkt hatte, wie der Sportlehrer ihn zu sich rief. Mit entschlossenen Schritten ging er auf Schulze zu. Das wird schnell gehen, dachte Stefan. Der wird mir nur einen Nahkampfgriff zeigen, und dann kann ich wohl auf meinen Platz zurück. Aber kaum kam Stefan in Reichweite des Muskelpakets, merkte er, wie er den festen Boden unter den Füßen verlor. Sekunden später prallte sein Körper auf die harte Turnmatte. Ein großer Schmerz trieb ihm die Tränen in die Augen. Am liebsten hätte Stefan „Verfluchter Hund" gesagt, aber sein gesunder Menschenverstand sagte ihm, daß er es besser sein ließe, um sich nicht völlig auszuliefern. „Na, Junge", sagte Schulze grinsend zu Stefan, der versuchte, sich aufrecht hinzustellen. „Du siehst mir heute recht verschlafen aus. Hat dir dein Wochenendausgang nicht gutgetan?" Das war der zweite Schlag, den Stefan einstecken mußte. Aber dieser zweite Schlag löste in ihm den Wunsch nach Rache aus. Er wünschte sich in diesem Augenblick nichts weiter, als dem Schulze eins in die Fresse zu schlagen.

An diesem herrlich warmen Samstag schien ganz Frankfurt zum Langener Waldsee gekommen zu sein. Am Himmel war keine Wolke zu sehen, und es blies eine ganz schwache Julibrise. Es war einfach herrlich, dort zu sein und das Leben zu genießen. Das waren Annas und Stefans Gedanken. Die beiden hatten ihre Decke am sandigen Strand ausgebreitet. Seitdem Anna wegen ihres Studiums nach Frankfurt umgezogen war, war für beide das lange Warten auf das Wochenende vorbei, denn sie sahen sich jetzt fast jeden Tag. Meistens besuchte Stefan sie mit seiner Maschine am späten Nachmittag, wenn seine theoretischen oder praktischen Unterrichtsstunden vorbei waren. Anna bereitete dann das Abendessen für zwei vor, und sie machten es sich ein paar Stunden in Annas Wohnung gemütlich. Stefan pflegte in Annas Nähe nichts über die Schule zu erzählen, auch dann nicht, wenn sie ihn etwas über den Ausbildungsablauf fragte. Aber er selbst freute sich zuzuhören, wenn sie von ihrem Studium erzählte. Er stellte sich aufgrund von Annas Erzählungen vor, daß es lauter nette Menschen wären, und daß es angenehm wäre, in ihrer Gesellschaft zu sein. Nun aber, als er mit ihr zusammen auf der Decke lag und ihren braunen Körper sah, wollte Stefan sich der Gegenwart zuwenden.

Langsam fing er an, ihren Rücken zu streicheln. Er wußte, daß das in Anna ein Feuer auslösen und die Sehnsucht nach ihm übermächtig werden würde. Sekunden später lagen sie fest umarmt und küßten sich unendlich lange. Ihre Körper preßten sich eng aneinander, und Anna spürte, wie groß Stefans Verlangen nach ihr war. Sie wollte, daß Stefan in diesem Moment wußte, daß sie genauso empfand wie er, aber sie konnten sich das nicht jetzt vor allen Menschen zeigen. Deshalb entschloß sie sich, sich gegen ihren Willen von Stefan zu lösen und ins kalte Wasser zu springen, um damit sich und Stefan auf andere Gedanken zu bringen.

Stefan versuchte, Anna festzuhalten, aber es gelang ihm nicht. Statt dessen mußte er zusehen, wie Anna in das Wasser hineinging. „Na warte, ich kriege dich doch noch", schrie er ihr zu, und im gleichen Moment machte er die ersten schnellen Schritte und hatte sie bald erreicht. Es war nicht schwer für ihn, sich an Annas Hüften festzuhalten. Er zog sie ganz zu sich heran, und in seinem Gesicht stand gleichzeitig Verbitterung und Freude. In ihm stand das gewisse Etwas, was Anna bewies, daß Stefan immer noch Verlangen nach ihr hatte. „Mein Gott, du wahnsinniger Kerl", sagte sie gefühlvoll, umarmte ihn und gab ihm einen zarten Kuß.

Sie fühlte seine starken Hände, die sich um sie legten.

Stefan hob sie hoch und trug sie in das tiefere Wasser. Als es ihm bis zur Brust reichte, setzte er Anna ab und fing an, sie feurig zu küssen. Dabei glitten seine Hände über ihren Körper. Anna empfand dies als eine besonders starke Erregung und merkte auch, als Stefan ihr den unteren Teil des Bikinis auszog. Sie wollte ihn mit ihren Händen aufhalten, aber ihre Gefühle waren stärker als ihr Wille. Anna schaute sich um, um festzustellen, ob sie von niemandem beobachtet wurden. Plötzlich spürte sie, wie Stefan in sie eindrang. Durch ihren Körper ging ein leichtes, unbeschreibliches Zittern, und die ersten Schweißperlen liefen ihr übers Gesicht. In diesem Moment hätte Anna am liebsten einen Schrei ausgestoßen, aber sie riß sich der Umstände wegen zusammen und legte ihren Kopf, halb bei Bewußtsein, auf Stefans Schulter. Dabei wiederholte sie ständig seinen Namen und küßte ihn auf das Ohr.
Die Sonne wurde von den ersten Schatten der Dunkelheit verdrängt, als die beiden jungen Menschen auf dem Motorrad den See verließen.
Es war ein herrlicher Samstag gewesen, und sie würden ihn ganz bestimmt noch lange in Erinnerung behalten. In diesem Moment wünschte sich jeder von ihnen, sie könnten sich schleunigst, so wie sie waren, ins Bett legen.
Die lauten Stimmen, die aus dem Wohnzimmer drangen, brachten Stefan um den Schlaf. Zuerst dachte er dabei an Schulze, aber dann fiel ihm ein, daß ja Sonntag war und er sich in Annas Wohnung befand. Stefan dachte, daß Anna bei der Vorbereitung des Frühstücks wäre und die Musik etwas lauter gestellt hätte, aber ganz sicher war er sich nicht und stieg aus dem Bett, um nachzusehen, was im Wohnzimmer vor sich ging. An der Tür kam ihm starker Geruch von Zigarettenrauch entgegen. Er sah, daß außer Anna noch vier andere junge Menschen im Zimmer saßen. Anna wünschte Stefan einen guten Morgen und machte ihn dann mit ihren Freundinnen bekannt. Alle streckten die Hand aus, um ihn zu begrüßen. Anna hatte zwei Mädchen und zwei etwas kräftigere Jungen eingeladen. Danach entschloß er sich, zuerst einmal ins Bad zu gehen, um sich zu erfrischen. Aber bevor er die Badezimmertür

erreicht hatte, kam Anna zu ihm und fragte ihn mit leiser Stimme, ob er enttäuscht von ihr wäre, weil sie ein paar Bekannte von der Uni zum Morgenkaffee eingeladen hätte.

Stefan gab ihr zuerst keine Antwort, sondern schaute sie stumm mit halb geöffnetem Mund an. Nach kurzer Zeit beugte er sich dann über sie und gab ihr einen flüchtigen Kuß. Dann begab er sich ins Badezimmer. Vorher aber sagte ihm Anna noch, daß sein Frühstück bereits fertig auf dem Küchentisch stünde. Stefan bedankte sich noch schnell, bevor er die Tür schloß. Wenig später ließ er kaltes Wasser über seinen Körper laufen. Es war ein herrliches und erfrischendes Gefühl.

In diesem Moment fühlte Stefan erst, wie hungrig er war. Er dachte an das Essen und wünschte sich, daß er schon am Tisch säße. Von Stimmen, die aus dem Flur kamen, wurde er aus seinen Gedanken gerissen. Er dachte sich, daß es ein sehr interessantes Thema sein müßte, über das man sich unterhielt. Er stellte das Wasser ab und stieg aus der Wanne. Als Stefan sich abgetrocknet hatte, stellte er sich an die Tür und lauschte. Jetzt vernahm er die Stimmen deutlicher aus dem Flur und hörte, wie sich Anna von ihren Gästen verabschiedete.

Wenige Minuten später herrschte Stille im Haus. Nachdem er sich die Zähne geputzt hatte, verließ er das Badezimmer. Bevor er in die Küche ging, schaute Stefan noch einmal in das Wohnzimmer, um sicher zu sein, daß die Studenten gegangen waren. Aber sie waren gegangen. Im Wohnzimmer war Anna damit beschäftigt, die vollen Aschenbecher hinauszutragen. Stefan bot sich an, ihr beim Aufräumen zu helfen, aber Anna lehnte es ab und sagte ihm, daß er in die Küche gehen sollte, um sein Frühstück zu essen, bevor es kalt wäre. Stefan fragte Anna, ob sie ihm Gesellschaft leisten würde, doch statt des erwarteten „Ja" antwortete sie, daß sie schon gefrühstückt hätte. Stefan fühlte, daß Anna durch irgend etwas gereizt worden war, kannte sie aber zu gut, um keine weiteren Fragen zu stellen. Schweigend und etwas nachdenklich begab er sich in die Küche.

Den Rest des Sonntagvormittags verbrachten sie in Annas
Wohnung. Stefan hatte sich noch vor dem Frühstück vorgenommen, Anna keine weiteren Fragen bezüglich ihres
Verhaltens zu stellen. Aber irgendwann wollte er sie einmal fragen, worüber sie sich mit ihren Studienkollegen
unterhalten hatte. Jetzt war nicht der richtige Zeitpunkt
dafür und er entschloß sich, Anna zur Frankfurter Dippemess zu begleiten. Dort wollte er den Nachmittag mit ihr
verbringen.
Stefan war überrascht, wie gerne Anna seinen Vorschlag
annahm. Als Anna ihm zugesagt hatte, bemerkte Stefan,
daß dadurch das ihm bekannte Lächeln auf ihrem Gesicht
erschien. Wie immer um diese Jahreszeit ließ sich gegenüber dem Frankfurter Ostpark die Dippemess nieder.
Diese Messe bestand aus zahlreichen Autoscootern, aus
den lebhaft besuchten Schießbuden, in denen die Frisch-
verliebten nach roten Blumen schossen, aus der Achterbahn mit ihrer großen Geschwindigkeit, in der sich mehrere Loopings befanden. Das große Bierzelt mit der stim-
mungsvollen Musik fehlte auch nicht, und über den ganzen
Platz hinweg ragte das symbolische Riesenrad.
Der Andrang der Menschen auf dieser Kerb war so groß,
daß man selbst für ein Motorrad nur mit größter Mühe
einen Parkplatz finden konnte. Nachdem es Stefan gelungen war, seine Maschine sicher abzustellen, begab er sich
zusammen mit Anna in die Menschenlawine hinein. Sie
konnten sich nur im Schneckentempo fortbewegen. Dabei
mußten sie allerlei fremde Ellenbogen ertragen, und nicht
selten standen ihnen fremde Menschen auf den Füßen.
Viele der Vorbeigehenden entschuldigten sich, aber mit
der Zeit mußten sie sich auch selbst entschuldigen. In diesem Moment mußten die beiden an ihre Kerb zu Hause
denken. Sie war von der Größe her überhaupt nicht mit
dem Fest in Frankfurt zu vergleichen, aber man kannte
sich aus, und man kannte fast jeden, der vorbeiging. Mit
vielen von ihnen grüßte man sich und wechselte ein paar
Worte, aber hier in dieser riesigen Stadt mit der großen
Menschenmenge kannte man nicht ein einziges Gesicht.
Nach etwa zwanzig Minuten erreichten sie die ersten

Kerbbuden. Zu ihnen drang der starke Geruch von den Eß-
buden und von lauter Musik, die, wie sie meinten, von allen
Seiten kam. Als sie sich auf dem Festplatz befanden,
merkten sie, daß es um sie herum etwas lockerer geworden
war, denn jeder ging zu dem für ihn am interessantesten
Spielgerät, um seine Spielwünsche zu befriedigen. Als
keiner mehr um sie herumstand, konnte Anna ihre schwere Motorradlederjacke ausziehen. An ihr blieb ein hell-
blaues durchgeschwitztes T-Shirt kleben. „Ach, tut das
gut", sagte sie zu Stefan. „Wenn ich die Jacke noch zehn
Minuten länger angehabt hätte, wäre ich bewußtlos umge-
fallen." Zu ihrer Bemerkung sagte Stefan nichts, aber über
sein Gesicht flog ein kurzes Lächeln, und dabei zog er
selbst seine Lederjacke aus. Bei der ersten Süßigkeiten-
bude holte er für Anna und sich zwei Tüten Popcorn. Die
erste Fahrt machten sie mit der Geisterbahn. Von dort aus
gingen sie in das Glaslabyrinth. Sie fuhren noch mit einigen Drehgeräten, wonach sie vor der riesigen Achterbahn
standen. Stefan und Anna standen eine ganze Weile und
redeten kein Wort miteinander, aber ihre Blicke waren auf
die rasende Bahn gerichtet.
In ihren Gesichtern war Unentschlossenheit zu lesen, aber
keiner von ihnen wollte es zugeben, und aus diesem Grund
kauften sie sich ein paar Minuten später zwei Fahrkarten
für die riesige Achterbahn mit drei Loopings. Nach kurzem
Warten kam der Waggon zum Halten, die Kabinen mit jeweils zwei Sitzplätzen öffneten sich hydraulisch, die Fahr-
gäste verließen die Kabinen mit ungewöhnlich roten Gesichtern, wie Stefan feststellen konnte. Er konnte sie aber
nicht länger betrachten, weil Anna ihn an der Hand zu
einer gerade frei gewordenen Kabine zog. Gleich nachdem
sie Platz genommen hatten, schlossen sich die Sicherheits-
vorrichtungen. „Es ist jetzt zu spät für diejenigen, die
vielleicht doch noch aussteigen wollen, denn jetzt müßte
man durch die Loopings durch", sagte Stefan halblaut vor
sich hin.
Anna hatte seine Worte nicht mitbekommen, denn sie war
zu aufgeregt über die bevorstehende Fahrt. Sie schaute
sich nach allen Seiten um, als würde sie etwas Bestimmtes

suchen, sie versuchte aber, sich selbst dadurch abzulenken. Wenig später, nachdem sie ihren Platz eingenommen hatte, setzte der Wagen sich in Bewegung. Mit langsamer Geschwindigkeit bewegten sie sich nach oben. Es dauerte etwa eine Minute, bis der Wagen den höchsten Punkt der Achterbahnanlage erreicht hatte. Nach dem langsamen Aufstieg führte eine kurze gerade Strecke zu der Rechtskurve, von wo es steil nach unten ging. Auf dieser Strecke, die für eine Weile gerade war, wurde es im Wagen merkwürdig still, so als bereite sich jeder auf die erste Abfahrtsstrecke vor. Bei diesem ersten steilen Stück bekamen die ersten Wageninsassen die Angst zu spüren. Sie wurde größer und größer und beim ersten Looping hörte man die meisten Leute schreien. Auch Anna und Stefan mußten sich mit einem Schrei von der angestauten Angst befreien. Stefan lachte dabei auffällig laut. Anna dagegen wiederholte immer wieder „Gran Canaria", so laut, daß man sie auch unten auf dem festen Boden hören konnte.
Die Fahrt durch die drei Loopings dauerte knapp zwei Minuten, aber den Wageninsassen kam es wie eine Ewigkeit vor. Selbst als sie wieder festen Boden unter den Füßen hatten, kam es ihnen so vor, als würden sie immer noch in den Loopings drehen.
Anna und Stefan sahen ziemlich mitgenommen aus von der Dippemess, deshalb beschlossen sie, sich auf den Heimweg zu machen. Stefan mußte immer noch daran denken, welches Gesicht er und Anna gemacht hatten, als sie mit dem Kopf nach unten im Looping standen. Er dachte auch daran, als sie später vor ihrer Wohnung standen und fragte Anna, weshalb sie da oben Gran Canaria geschrien hätte. Anna gab ihm lachend zur Antwort: „Ach, ich weiß es nicht. Wahrscheinlich deshalb, weil es mir dort sehr gefallen hat und weil die Achterbahn dem Flug dorthin in manchem ähnlich war."

Am nächsten Morgen besuchte er den Theorieunterricht der Polizeischule. Stefan mußte am Anfang sehr gegen die Müdigkeit ankämpfen, die ihn ständig befiel. Für einen

Moment verlor er den Kampf und schlief ein. Durch einen Stoß vom Ellenbogen seines Zimmerkameraden Martin wurde er aus dem Schlaf zurückgeholt. „He, Junge", flüsterte ihm Martin zu, „hast du das eben mitgekriegt?" – „Was denn?" fragte Stefan ahnungslos. „Na, die schicken uns heute auf die Streife, Mann, gleich nach diesem Unterricht."

Stefan brauchte noch einige Zeit, bis er begriff, daß sie an diesem Tag ihre erste Streifenfahrt machen würden. Jedes Zimmerabteil bekam einen Streifenführer und einen VW-Bus. Stefan und seine Kameraden bekamen Schulze zum Gruppenführer. Ihre Freude über die erste Fahrt wurde gedämpft, als sie den kleinen Dicken, wie sie ihren Sportleiter nannten, nervös um den weißgrünen Bus herumtanzen sahen. Schulze dagegen lachte, als er seine vier ihm Anvertrauten kommen sah. „Hallo, Jungs", sprach er sie an, „na, da ist wohl die Zeit gekommen, wo die jungen Vögel ihr Nest verlassen. Aber nur keine Aufregung", setzte er hinzu. „Folgt nur meinen Anweisungen, und es geschieht euch nichts, wovor ihr euch fürchten müßt. Ist das klar?" – „Jawohl", bekam er prompt zur Antwort, obwohl alle vier gleich feststellten, in welchem sanften Ton er zu ihnen sprach.

Man konnte es glatt als ein Gespräch zwischen gutwilligem Vater und Söhnen ansehen. Aber das war es nicht, und die vier wußten, daß aus Schulzes zartem Lächeln in Sekundenschnelle ein hochaktiver Vulkan werden konnte. Schweigend stiegen sie in den Bus und sahen zu, wie Schulze dem Fahrer die Richtung mitteilte. Es war für Stefan das erste Mal, daß er mit der Polizeiuniform in die Öffentlichkeit ging. Ja, das ist es, wiederholte er in Gedanken. Zugleich stellte er sich die Frage, ob die Menschen, die sich draußen befanden, nur die Uniform sahen, oder ob sie sich auch Gedanken über ihn als Menschen machten. Er beschäftigte sich mit dem Gedanken, während Schulze sich beim Fahrer über die Verkehrsdichte beschwerte. Dabei ließ er ihn wissen, daß er durchaus dafür wäre, die Hälfte der Fahrzeuge zu beseitigen, um dann einigermaßen fahren zu können. Der Fahrer, ein etwa fünfzigjähriger Polizeibeamter, gab ihm recht, man konnte aber feststellen, daß er ein offenes Gespräch mit dem Gruppenführer vermied.

Schulze dagegen regte sich immer mehr auf und kochte fast vor Wut, als er mit ansehen mußte, wie ein anscheinend betrunkener Schornsteinfeger auf dem Deutschherrnufer die ganze rechte Fahrspur in Anspruch nahm. Schulze befahl dem Fahrer, die Sirene und das Blaulicht einzuschalten, um so schnell wie möglich den Schornsteinfeger zu erreichen. Ohne ein Wort zu verlieren, befolgte der Fahrer die klare Anweisung des Gruppenführers. Der starke Gegenverkehr behinderte das schnelle Vorankommen. Das war für den Verkehrsbehinderer ein kleiner Vorteil und ermöglichte ihm, die Friedensbrücke zu erreichen und sich weiter zu entfernen. Er hatte gerade die Mitte der Brücke erreicht, als ihn das Polizeiauto anhielt. Schulze war der erste, der aus dem Auto sprang und den Schornsteinfeger anschrie. Dem schien es aber nichts auszumachen, daß vor ihm ein Polizeiauto mit eingeschaltetem Blaulicht stand und ihn zum Stehenbleiben aufforderte. Statt dessen quetschte er sich zwischen dem Bus und der Bordsteinkante vorbei und war gerade dabei, seinen Weg seelenruhig fortzusetzen, als ihn Schulze an der Holzleiter, die ihm über die rechte Schulter hing, festhielt. Der betagte Schornsteinfeger verlor dabei das Gleichgewicht und fiel samt dem Werkzeug, das er mit sich führte, auf den harten Beton. Schulze beobachtete die Szene, und auf seinen schmalen Lippen erschien ein kurzes Lächeln. Der alte Schornsteinfeger, der jetzt ziemlich sauer war, hielt mit beiden Händen die hölzerne Leiter fest. In ihm wuchs die Wut, als er mit ansehen mußte, daß der Beamte, der ihn auf den Boden geworfen hatte, die Leiter am anderen Ende festhielt, das gefiel ihm überhaupt nicht. Er richtete sich auf, so gut es sein Zustand ihm erlaubte, und zog die Leiter kräftig zu sich. Aber Schulze hatte den Alten durchschaut und zog seinerseits an der Leiter. Es ging hin und her mit der Zieherei. Dabei schrie man sich gegenseitig an, und jeder forderte den anderen auf, die Leiter loszulassen. Inzwischen war die übrige Busbesatzung ausgestiegen

und versuchte, ihrem Gruppenführer zu Hilfe zu kommen.
Schulze verbot es aber, weil er glaubte, den Alten gleich
besiegt zu haben. Das sagte er jedenfalls. Ohne sich einmi-
schen zu dürfen, beobachteten die jungen zukünftigen
Beamten mit großer Spannung, wie sich Schulze und der
alte Schornsteinfeger gegenseitig über die Friedensbrücke
zogen. Dabei wurde die Autoschlange, die sich gebildet
hatte, immer länger. Zahlreiche Menschen verließen ihre
Autos, um die Mitte der Brücke zu erreichen, damit sie das
Schauspiel besser sehen konnten. Schulze hingegen verlor
die restliche Geduld, sein Kopf wurde ganz rot, und die
Augen waren so groß wie nie zuvor. Seine Stimme war so
laut, daß er ein Megaphon übertroffen hätte. Dabei forderte er den alten Mann immer wieder auf, die Leiter loszulassen.
Der Schornsteinfeger, dem das ganze sowieso nicht gefiel,
hatte die Nase voll von dem ewigen Kreisdrehen, wobei
ihm allmählich auch ganz schwindlig geworden war. Deshalb entschloß er sich, dem Polizisten die Leiter zu geben.
Das tat er in dem Moment, als Schulze gerade seine ganze
Kraft aufwandte, um die Leiter an sich zu reißen. Im
nächsten Moment spürte Schulze, wie die Leiter nachgab,
und im selben Moment flog sein Körper buchstäblich durch
die Luft, bis sein Rücken auf das Brückengeländer krachte
und er sein Gleichgewicht verlor. Die Zuschauer gerieten
in Panik, als sie mit ansehen mußten, daß ein Polizist von
der Brücke ins Wasser fiel. Auch die jungen Beamten
waren entsetzt über dieses Ereignis. Sie versuchten, mit
schnellen Schritten dem Gruppenleiter zu Hilfe zu kommen, aber es war zu spät, denn Schulze befand sich kurz
vor dem Aufprall auf die Wasseroberfläche. Stefan erreichte als erster die Brückenmitte, wo sich ein Rettungsring
befand. Ein paar Sekunden später warf er ihn zu Schulze
hinunter, der in diesem Moment aus dem braunen Main-
wasser auftauchte. Er hielt sich immer noch an der kleinen
hölzernen Leiter fest.
Nach dem Abwurf des Rettungsrings lief Stefan seinen
Kameraden nach, die bereits am linken Mainufer standen.
An dieser Stelle befanden sich auch die steinernen Trep-

pen, die direkt zum Wasser führten. Das hatte auch der Gruppenführer bemerkt und stieg dort aus dem Wasser, wo seine Leute ihn erwarteten. Die jungen Menschen machten aus Respekt und Angst einen großen Kreis um den nassen Sportleiter, der gerade schwimmend die Stufen erreichte.

Keiner von ihnen traute sich, den ersten Schritt auf Schulze zu zu machen, um ihm beim Hinaussteigen aus dem Wasser zu helfen. Sie konnten aber sehen, daß das kleinwüchsige Muskelpaket gar nicht auf ihre Hilfe angewiesen war, denn mit antilopenähnlichen Schritten lief er zur trockenen Wiese, in der linken Hand immer noch die hölzerne Leiter haltend. Ohne sich einen Moment auszuruhen, schrie er die um ihn stehenden Leute an: „Was glotzt ihr so dämlich? Habt ihr noch nie einen Menschen gesehen, der aus dem Wasser kommt? Steht nicht hier herum wie die Steinmenschen. Seht lieber zu, daß ihr hinaufkommt." Dabei deutete er mit seinem rechten Zeigefinger in Richtung Brücke. Kurze Zeit darauf befanden sie sich wieder komplett vor ihrem Einsatzfahrzeug.

Der Verkehr hatte inzwischen seinen normalen Verlauf genommen, sie mußten aber feststellen, daß von dem Schornsteinfeger jede Spur fehlte. Das regte Schulze dermaßen auf, daß er aus Wut die Leiter mit ganzer Kraft auf den Boden warf, wobei diese in unzählige kleine Stückchen zersprang. Dem Schulze war dies aber nicht genug. Er trat die Stückchen mit seinen Stiefeln gegen den Bordstein und dann warf er sie von der Brücke ins Wasser. Stefan beobachtete dies wie seine Kollegen auch, und er sah auch weit draußen im Fluß den Rettungsring schwimmen. Er hoffte, daß Schulze das nicht mitbekommen würde, denn in seinem jetzigen Zustand würde er bestimmt verlangen, daß einer ins Wasser springt, um den Rettungsring zu holen. Aber dem tobenden Gruppenführer war nicht danach zumute, den Fluß hinunterzuschauen. Vielmehr suchte er mit seinem strengen Blick die umliegenden Straßen nach dem Schornsteinfeger ab. Nachdem er das letzte Holzstück ins Wasser geworfen hatte, schaute er die um ihn herum stehenden Uniformierten an und erhob erneut seinen rechten Zeigefinger, diesmal in Richtung des Einsatzfahrzeuges. Schweigend stiegen die vier Zimmergenossen hinein, und obwohl man ihnen nichts sagen würde, wußten sie, daß Schulze diesen Ort so schnell wie möglich verlassen wollte. Sie behielten auch recht, denn kurz darauf setzte sich der Bus mit hoher Geschwindigkeit in Bewegung in Richtung Ausbildungsstätte.

Erst am Abend konnte Stefan sich laut und frei auslachen, als er die ganze Geschichte Anna erzählte. Er war zufrieden, weil er es als gerechte Strafe empfand, daß der Ausbilder ins Wasser gefallen war, denn er hatte ihm und seinen Kollegen bis jetzt zu schaffen gemacht. Anna hörte sich die ganze Geschichte aufmerksam an, blieb aber nicht auf ihrem Stuhl sitzen, sondern lief im Wohnzimmer hin und her. Stefans Blicken war das nicht entgangen. Ihm fiel auch auf, daß Anna, seit sie zu rauchen begonnen hatte, immer mehr von diesem Qualm in ihre Lungen zog. Ihn störte der blaue Qualm keineswegs, auch jetzt nicht, als sie eine nach der anderen anzündete. Aber er machte sich Sorgen um ihren Gesundheitszustand und machte sich auch Gedanken über ihr Benehmen. Er kam zu dem Entschluß, daß es das Studium wäre, das sie so fertigmachte, denn die Professoren hatten bestimmt ein Interesse an der Förderung ihrer Studenten. Aus diesem Grund sprach er sie nicht auf das Rauchen an, sondern nahm sich vor, mit Anna einen gemütlichen und entspannten Abend zu verbringen. Dabei dachte er auch an das Fußballspiel, das übertragen werden sollte. Bevor er aber das Gerät einschaltete, teilte er das Anna mit, doch sie hatte nichts dagegen. Er merkte aber an ihrer etwas zitternden Stimme, daß sie gern nein gesagt hätte und das Ja nur gegen innere Widerstände über die Lippen brachte. Die Freude über das Fußballspiel verging ihm nicht, aber er wollte trotzdem wissen, was Anna lieber gesehen hätte. Er fing an, die Programme am Gerät durchzugehen.
Nach einigen Schaltungen hörte er Annas entschlossene Stimme, die ihn bat, das Programm zu lassen. „Warte,

Stefan", sagte sie, „laß mich nur einen Moment diese Sendung ansehen." Schweigend legte er den Fernbedienungsschalter auf den Tisch und schaute sich ebenfalls die farbigen Bilder an. Es war ein Bericht über irgendeinen tropischen Wald. Man sah die hohen Bäume und unzählige grüne Büsche, die sich zwischen den riesigen Bäumen drängten, um auch Licht zu bekommen. Die Sendung war gut zum Entspannen, fand Stefan. Er verfolgte die Sendung mit Interesse. Nach einiger Zeit waren in den grünen Wäldern riesige Bagger zu sehen, die die Bäume mit ihren Wurzeln aus der Erde herausrissen. Zur gleichen Zeit sprach der Fernsehkommentator über die Massenvernichtung der Bäume und die vernichtete Fläche insgesamt, welche eine erschreckende Größe erreicht hätte. In diesem Moment sprang Anna buchstäblich in die Luft.
Stefan blieb erschrocken sitzen und mußte sich anhören, wie gemein die großen Profitunternehmen wären. „Sie rauben und vernichten unsere letzten Luftreservate und machen sich keine Gedanken, was mit unserem Klima und uns selbst in absehbarer Zeit geschieht. Nein, Stefan", sagte sie, „solche Menschen haben nur das Geld im Kopf, stecken mehr und immer mehr Geld in die eigene Tasche. Dabei ist es ihnen ganz egal, auf welche Weise das geschieht, und vor allem ist es ihnen egal, was die Menschen in hundert Jahren tun werden und ob sie alle überhaupt noch genug Luft zum Atmen haben werden. Damit muß endlich Schluß sein, und wir Menschen müssen begreifen, daß wir nur im Einklang mit der Natur weiterleben können, und deshalb müssen wir auf sie und uns selbst aufpassen und sie ununterbrochen pflegen."
Fasziniert von dieser Rede klatschte Stefan Beifall. „Bravo, bravo Schatz, welch ein schöner Vortrag von dir über die Ökologie des heutigen Zeitalters. Weißt du, Anna", sprach er weiter, „ich finde, daß du vollkommen recht hast, daß diese Menschheit nur mit der Natur zusammen ihren weiten Weg überleben kann. Aber ich muß dir noch etwas gestehen, Anna." Er nahm ihre Hand und zog sie sanft auf die Couch. Anna widersetzte sich nicht, sondern legte sich mit einem Seufzer neben Stefan, ihren Kopf legte sie in

seinen Schoß. „Ja, was mußt du mir gestehen?" fragte sie
ihn mit leicht zitternder Stimme. Stefan schaute sie eine
Weile mit seinen hellgrünen Augen an. „Ich merke, Anna",
fing er an, „du weißt über die Umwelt und die Menschen
sehr viel, und du weißt auch, daß das eine ohne das andere
nicht am Leben bleiben kann." Danach verstummte er
plötzlich, und bevor er weitersprach, beugte er sich zu ihr
hinunter und gab ihr einen kurzen Kuß. Gleichzeitig legte
er seine rechte Hand auf ihre Hüfte und begann, sie langsam zu streicheln. „Du, Anna", fuhr er fort, „du mußt es
wissen. So wie die Menschen Luft und Wasser brauchen, so
brauche ich dich." Inzwischen war seine Hand an Annas
Brüsten angekommen, und er begann, sie langsam und
zart zu massieren. Nachdem er diesen Satz gesagt hatte,
beugte er sich erneut zu ihr und küßte diesmal lange Zeit
Annas glühende Lippen. Währenddessen versuchten sie,
sich mit zitternden Händen die Kleider vom Körper zu
entfernen. Wie sie sich aber auch dabei bewegten, ihre
Lippen suchten fieberhaft nacheinander. Nach einiger Zeit
lagen die beiden jungen Menschen nackt beieinander.
Stefan küßte jetzt sehnsüchtig ihre Brustwarzen, und
seine Hände massierten Annas empfindlichste Stelle. Das
gefiel ihr sehr, so sehr, daß sie vor Freude Lustschreie aus-
stieß. Dabei zog sie kräftig mit den Händen an seinen
Haaren. Plötzlich erlosch die Lust nach Liebe in ihr, und
sie erstarrte buchstäblich zu einem Eisberg.
Stefan merkte es sofort und fing an, sich Vorwürfe zu
machen, und fragte sich, was er falsch gemacht haben
könnte oder wodurch er sie verletzt haben könnte. Trotz
seiner fieberhaften Überlegungen kam er aber zu keinem
vernünftigen Entschluß und wußte die eigenen Vorwürfe
nicht zu rechtfertigen. Langsam hob er seinen Kopf, um
Annas Augen sehen zu können, denn sie hatten ihm einige
Male schon verschiedenes verraten. Im gleichen Augenblick hörte er, wie Anna mit leiser, aber fester Stimme das
Wort Feuer mehrmals aussprach. Stefan merkte, daß ihr
Kopf nicht zu ihm, sondern zum Fernsehgerät gerichtet
war. Er schaute jetzt selbst auf die Mattscheibe hinüber,
wo immer noch der Beitrag über den Urwald lief. Nur

dieses Mal waren nicht große Maschinen zu sehen, sondern ein riesiges Feuer mit dickem, weißem Qualm. Ihm wurde jetzt klar, daß Anna sich die Sendung anschaute und deshalb dauernd das Wort Feuer aussprach.

Zuerst blieb Stefan regungslos neben Anna liegen. Dann hob er langsam die Hände über den Kopf und schaute Anna an, die immer noch auf den Fernsehschirm sah und immer noch dasselbe Wort aussprach. Stefan betrachtete seinen und Annas nackten Körper und lächelte. Er verstand das ganze nicht. Aus diesem Grund schrie er laut: „Mein Gott!" Diese lauten Worte verfehlten ihre Wirkung auf Anna nicht. Sie schaute ihn an, wie er die Hände ausgebreitet in der Luft hielt und sein Mund weit offen stand. Mit einer Unschuldsmiene und in einem leisen Ton fragte sie ihn, weshalb er so laut schreie. Das brachte ihn noch mehr in Verwirrung. Er ließ langsam die Hände herunter, die so zitterten, als hielte er heiße Kartoffeln, und sagte zu Anna: „Wie bitte? Du fragst mich, was das zu bedeuten hat? Gut, Anna, ich werde es dir verraten, aber erst, wenn du mir verrätst, weshalb du uns so etwas antust." Ohne die Antwort abzuwarten, fuhr er fort: „Anna, ich liebe dich und gebe zu, daß du für mich alles in dieser Welt bedeutest. Ich kann aber nicht verstehen, daß du unsere Gefühle grundlos wegwirfst und von irgendeinem Feuer redest, das gerade im Fernsehen zu sehen ist. Deshalb frage ich dich, was das zu bedeuten hat. Sag mir bitte die Wahrheit, sonst bilde ich mir ein, daß du von mir nichts mehr wissen willst."

Ein kindhaftes Lächeln überzog Annas Gesicht. Sie legte beide Hände um seinen Kopf, zog ihn dicht zu sich heran und gab ihm einen langen Kuß. Als er ihre glühenden Lippen an seinen spürte, durchströmte ihn wieder diese unbeschreibliche Wärme, die ihn sämtliche Vorwürfe gegen Anna vergessen ließ. Anna beendete die Umarmung und schaute Stefan in die Augen. Dabei lag immer noch dieses verführerische Lächeln auf ihrem Gesicht.

„Ja, Stefan, es brennt", sprach sie. In einem flüsternden und gefühlvollen Ton fuhr sie fort: „Schau nur. Es qualmt und vernichtet. Dabei ist uns Menschen gar nicht bewußt, daß dort unsere eigene Lunge zugrunde geht. Aus diesem

Grund rege ich mich so auf. Ich werde es weiterhin tun, solange die verfluchte Vernichtung der Natur weitergeht."
Stefan unterbrach sie nicht, sondern ließ sie geduldig zu Ende sprechen. Nachdem sie fertig war, nahm er die Fernbedienung vom Tisch und schaltete das Fernsehgerät aus. Dabei dachte er flüchtig an das versäumte Fußballspiel. Dieses Versäumnis regte ihn nicht so sehr auf, denn schließlich waren Annas Ausführungen recht interessant. Nur hatte sie dafür leider den falschen Zeitpunkt gewählt, und das ärgerte ihn. Nachdem der Fernseher ausgeschaltet war, versuchte er bei Anna das Versäumte nachzuholen.

Kurz nach Mitternacht kehrte Stefan auf seiner Maschine in das Ausbildungszentrum zurück. Nachdem er das Motorrad auf dem Parkplatz abgestellt hatte, überquerte er mit etwas müden Schritten den Appellplatz und war in Gedanken bei Anna, die er schlafend im Bett gelassen hatte. Er dachte an ihre zarte Haut und ihre starke Ausstrahlung, die für ihn immer wieder einen unvorstellbaren Reiz hatte. Stefan kam es so vor, als würde sie auch im Schlaf noch weiterlachen. Er hoffte, daß sie sich eines Tages nicht mehr würden trennen müssen, sondern eine Familie gründen und die Tage und Nächte glücklich miteinander verbringen würden.
Stefan wurde aus seinen Träumen gerissen, als er vor seinem Schlafpavillon ankam und dort mehrere Einsatzfahrzeuge sah. Er stellte sofort fest, daß im ganzen Gebäude die Beleuchtung brannte. Jetzt konnte er auch Menschen sehen, die vom oberen Stockwerk hinuntergingen. Stefan wußte, daß dort die älteren Ausbildungsklassen untergebracht waren, und vermutete, daß es sich bei dieser Aktion um eine Nachtübung handelte. Er beschloß, sich darüber nicht weiter den Kopf zu zerbrechen, sondern schleunigst ins Bett zu gehen. Kaum hatte er das Treppenhaus betreten, kamen ihm die älteren Kameraden entgegen. Für einen Augenblick blieb er stehen und sah den Vorbeigehenden zu. Stefan merkte sofort, daß sie keine gewöhnliche Ausbildungsuniform trugen, sondern schwere

Lederjacken. Der Kopf war mit einem Schutzhelm bedeckt, und in den Händen hielten sie Schutzschilder und lange schwarze Schlagstöcke. Irgend etwas signalisierte ihm, daß diese Männer nicht zu ihrem Vergnügen unterwegs waren. Das konnte er an ihren ernsten Gesichtern ablesen. Stefan fühlte sich zu müde, um die schweigende Truppe weiter zu beobachten.

Am nächsten Morgen ging er wie üblich mit seinen Zimmergenossen zum Frühsport und anschließend in die Gemeinschaftsmensa, um das Frühstück einzunehmen. Die morgendliche Gymnastik hatte auf seine Müdigkeit von der vorangegangenen Nacht nicht gewirkt, und so betrat er gähnend die Mensa. Das Gähnen verging, aber sein Mund blieb trotzdem offen stehen, als er die älteren Ausbildungskameraden beim Frühstücken sah. Stefan machte die Augen weit auf, um sich zu vergewissern, daß es sich auch um die gleichen Menschen handelte, die spät in der Nacht schweigend an ihm vorbeigegangen waren. Aber er täuschte sich nicht. Es waren dieselben Kameraden, die er sonst auch hier lachend ihr Frühstück einnehmen sah. Er kannte keinen von ihnen mit Namen, nur vom Sehen, und man grüßte sich immer freundlich. Jetzt sah er sie aber in den schwarzen Lederjacken, die Schutzhelme lagen zu ihren Füßen am Boden, und in ihren Gesichtern zeichneten sich Müdigkeit und Erschöpfung ab. Es gab auch noch andere Hinweise, die darauf deuteten, daß die vergangene Nacht kein Vergnügen für die Männer gewesen war. Zahlreiche Kameraden trugen große Verbände am Kopf. Bei manchen sickerte sogar das Blut durch den Verbandsstoff. Die jungen Schulteilnehmer standen schockiert herum und hätten bestimmt weiterhin fassungslos ihre älteren Kameraden betrachtet, wenn nicht eine grölende Stimme durch die Mensa zu hören gewesen wäre: „Weiter jetzt! Es geht weiter, meine Herren, sonst wird euer Frühstück kalt." Stefan und seine Zimmergenossen erkannten sofort die Stimme des Sportleiters Schulze. Sie erlebten so etwas zum erstenmal, denn sie empfanden Freude dabei, daß Schulze sie anschrie, um sie von dem schlimmen Bild, das sich ihnen bot, abzulenken.

Schulze sprach laut weiter: „Nehmt das Essen schneller entgegen. Und wenn ich einen sehe, der sein Frühstück nicht aufgegessen hat, bekommt er es mit mir persönlich zu tun. Ist das klar?" Den letzten Satz konnte man auch außerhalb der Mensa hören.
Die erste Klasse hielt sich strikt an die Anweisungen. Sie nahmen ihr Essen entgegen, setzten sich und aßen es schnell auf. Dabei verlor kaum einer ein Wort. Kurze Zeit darauf verließen die ersten die Mensa, ohne sich umzudrehen. Einige Zeit später hatten die ersten bereits ihre Theorieunterrichtssachen in der Hand und eilten zum Unterrichtsraum. Eine halbe Stunde später saßen sie alle hinter ihren Holzbänken und warteten ungeduldig auf ihren Ausbildungsleiter.
Nach einiger Zeit öffnete sich die schwere, weiß gestrichene Holztür. Die Anwesenden sperrten die Augen weit auf, denn anstelle des Theorieausbildungsleiters erschien der Sportlehrer Schulze im Raum. Ohne lange zu warten, sprach er zu den Anwesenden: „Männer, ich muß euch mitteilen, daß heute der Theorieunterricht ausfällt. Ich muß euch außerdem sagen, daß für heute auch der sonstige Unterricht ausfällt, denn, Männer", jetzt wurde seine Stimme etwas lauter, „wir stehen vor eurem ersten Einsatz." Hier machte er eine kleine Pause, bevor er mit erhobener Stimme fortfuhr: „Ich möchte und verlange von jedem von euch, daß er diese Sache ernst nimmt, egal, wie unsere Aufgabe ist. Und die wird nicht so einfach sein", gab er zu. „Ich werde sie euch jetzt bekannt machen.
Es handelt sich um folgendes: Uns ist bekannt geworden, daß heute nachmittag einige Chaoten, oder wie immer man sie nennt, in der Stadt sein werden, um dort vor einem Gymnasium ihre Sympathie zu zeigen für die Auseinandersetzungen am Flughafen. Nun, wenn ihr mich fragt, wo unsere Aufgaben liegen, dann sage ich euch, unsere Aufgabe wird sein zu verhindern, daß die Demonstranten in das Schulgelände eindringen, falls das von Schulseite aus auf Ablehnung stößt. Nun, Männer", jetzt klatschte Schulze in die Hände, „ich glaube, daß genug geredet wurde. Macht, daß ihr in eure Schlafunterkünfte kommt und die

entsprechende Uniform anzieht. Schlagstöcke und Schutzschilder bekommt ihr am Ausgabeschalter des Magazins."
Bevor sie aber den Raum verlassen konnten, teilte Schulze
ihnen mit, daß er sie in zwanzig Minuten am Appellplatz
erwarten würde.
Die Polizeischüler verließen leise und schnell das Klassen-
zimmer. Eilig stiegen sie die Treppe zu ihren Schlafräumen hinauf, wo sie ihre Lehrbücher ablegten und dann die
Lederjacken aus den Schränken holten, Stiefel, Schutzhelme und Handschuhe anzogen und auch die Feuerwaffen nicht vergaßen. Kurz darauf begaben sie sich ins Aus-
rüstungslager, wo sie gegen ihre Unterschrift Schlagstök-
ke und Schutzschilder erhielten. Danach eilten alle zu den
Einsatzwagen, die mitten auf dem Appellplatz warteten.
Neben den Fahrzeugen stand Schulze und wartete ungeduldig auf seine Mannschaft. Bevor sie einsteigen durften,
mußten sie sich noch einmal eine Rede von ihm anhören.
„Männer", sagte er, „ich möchte vor der Abfahrt noch einige
wichtige Mitteilungen machen. Ich möchte, daß jeder sich
das gut hinter die Ohren schreibt. Ist das klar?"
„Jawohl", bekam er prompt zur Antwort. „Wir machen jetzt
keine Spazierfahrt", fuhr Schulze fort, „aber wir fahren
nirgendwo hin, um jemanden zu provozieren. Ist das auch
klar? Wir intervenieren nur auf mein Kommando, und erst
dann, wenn kein anderer Ausweg bleibt. Wie gesagt", wiederholte er, „wir greifen erst ein, wenn ich den Befehl dazu
gebe. Prägt euch das gut ein.
Gut, das wäre geklärt", sagte er. „Da ist aber noch eine sehr
wichtige Sache, die euch ständig bewußt sein muß: Ihr
habt außer den Schlagstöcken auch Feuerwaffen bei euch.
Aber wenn es zu gewalttätigen Auseinandersetzungen
kommt, soll ja keiner auf die Idee kommen, diese Feuer-
waffe zu benutzen. Ich persönlich rate euch, hundertmal
zu überlegen, bevor ihr die Pistole herauszieht. Denn,
Männer, das Gesetz, dem wir alle dienen, ist für alle gleich.
Auch für uns." Nach diesen Worten machte Schulze eine
Pause. „Gut. Ich glaube, daß wir uns verstanden haben.
Und jetzt steigt in eure Einsatzwagen ein."
Er selbst ging an die Spitze der Fahrzeugkolonne, wo das

kleine Geländeauto des Gruppenleiters auf ihn wartete. Erst als alle eingestiegen waren, gab er seinem Fahrer das Zeichen zum Start. Langsam setzte sich die Fahrzeugkolonne in Bewegung.

Stefan warf noch einen kurzen Blick zurück und konnte sehen, wie einige der älteren Klassen zu den Schlafpavillons gingen. Die Jungs werden sich bestimmt aufs Ohr legen und den gestohlenen Schlaf nachholen, dachte er. Er hatte von ihnen erfahren, daß sie sich auf dem Gelände des Frankfurter Flughafens mit den Demonstranten gewaltsam auseinandergesetzt hatten. Es war schwierig und gefährlich für sie, sich in der Dunkelheit den vermummten Demonstranten gegenüberzustellen. Sie mußten aber dastehen und sich mit Steinen beschmeißen lassen. Es tat weh, wenn man von einem Stein getroffen wurde. Aber das schlimmste waren die Stahlkugeln, die aus Gummischleudern abgeschossen wurden. Ein Verletzter hatte ihm erzählt, wie grausam die Kugeln waren. Er sagte auch: „Stell dir vor, es ist Nacht und du siehst nichts. Aber du hörst die Demonstranten schreien, die Jungs schimpfen über alles, und die Steine fliegen über deinen Kopf hinweg. Manche fallen vor deine Füße, einige treffen deinen Schutzschild, aber die Kugeln, die siehst du nicht. Du hörst nur das Pfeifen in der Dunkelheit auf dich zukommen, und du kannst nicht ausweichen, denn dazu ist das Geschoß zu schnell. Es ist grausam, denn wenn das Ding den Schutzhelm trifft, kann man von Glück sagen, wenn man keine Gehirnerschütterung davongetragen hat. Die Wucht der Stahlkugeln ist einfach zu stark." Zum Schluß sagte ihm der ältere Kamerad, daß in der besagten Nacht einige kein Glück hatten und jetzt in den umliegenden Krankenhäusern auf Intensivstationen untergebracht waren.

Diese Worte klangen Stefan immer noch in den Ohren, während er durch das große Busfenster auf die Straße blickte. Er sah, wie die Augen der vorbeifahrenden Autofahrer sie musterten. Dabei mußte er an die Zeit denken, als er mit seinen Eltern in die Großstadt fuhr, um den Zoo zu besuchen. Für Stefan bestand eine gewisse Ähnlichkeit zwischen den Menschen, die die Tiere in den Käfigen im

Zoo betrachteten, und den Menschen, die in ihren Autos jetzt langsam vorbeifuhren und sie mit weit geöffneten Augen anschauten, so, als wollten sie fragen, was los war und weshalb ein so großes Polizeiaufgebot notwendig war und wohin die Reise gehen sollte. Letzteres konnte er selbst nicht beantworten, aber das war ihm in diesem Moment auch unwichtig, denn er beschäftigte sich in Gedanken erneut mit den pfeifenden Stahlkugeln.

Nach einer Stunde Fahrt hielten sie in einem Frankfurter Vorort. Stefan befand sich wie seine Kameraden zum erstenmal in diesem Stadtteil. Sie standen auf einer stark befahrenen Straße, in deren Mitte sich die Straßenbahnen bewegten. Schulze gab die Anweisung, keiner habe das Fahrzeug zu verlassen. Man nahm dies mit Freude auf, denn das gab ihnen die Gelegenheit, ein Nickerchen zu machen. Dazu gab ihnen die strahlende Mittagssonne auch einen Anreiz.

Schulze stand währenddessen draußen vor seinem Fahrzeug und unterhielt sich mit einigen Zivilisten. Es war selten, daß er sich unterhielt, schon gar mit Zivilisten. Die Betrachter in den Bussen waren der Meinung, daß es sich um Polizeibeamten in Zivil handeln müßte. Auch Stefan beobachtete dies und sah, wie Schulze mehrmals den Kopf nach unten beugte, so als würde er jawohl sagen. Das Gespräch zwischen Schulze und den zwei unbekannten Zivilisten wurde durch andere Personen unterbrochen. Sie sprachen den Gruppenführer an, wobei er nur zuhörte und kein Wort verlor. Nach wenigen Minuten trennten sich die Männer. Kurz darauf befahl Schulze seinen Leuten, auszusteigen und zwei Reihen zu bilden. Die jungen Männer stiegen schnell aus. In ihren Händen hielten sie den Schlagstock und den Schutzschild. Die Zweierreihe wurde schnell gebildet.

Kurz darauf kam der Befehl, sich nach rechts zu wenden, und die Kolonne setzte sich in Bewegung. Die erste Ausbildungsklasse zählte etwa hundert Leute, und alle bewegten sich jetzt über den Fußgängerweg. Keiner von ihnen redete. Sie gingen mit schnellem Schritt, und ab und zu warf einer von ihnen einen Blick zu den Menschen, die ihnen vom Straßenrand aus zuschauten. Es herrschte ein lebhafter Verkehr, aber trotz des Motorenlärms konnten sie die Stimmen der Demonstranten hören.

Spätestens jetzt begriff jeder in der Kolonne, daß es die Demonstranten waren, die man zwar hörte, aber noch nicht sehen konnte. Durch die immer lauter werdenden Schreie machte sich bei fast jedem in der Kolonne eine gewisse Nervosität breit, verbunden mit Angst. Bei vielen brach der Schweiß aus, sogar an den Händen. Das Schweigen wurde unterbrochen – jeder sprach mit jedem – und dadurch hofften sie, die Schreie der Demonstranten zu verdrängen. Stefan wechselte auch einige Sätze mit seinem Zimmergenossen, aber dann gingen ihm die Gedanken durch den Kopf über den Anlaß, der ihn dazu bewogen hatte, zur Polizeischule zu gehen. Den Willen und die Lust dazu hatte er schon in der frühesten Kindheit, weil er sich vorstellte, als Erwachsener ein echter Kriminalinspektor zu sein. Dieser Wunsch hatte ihn nie losgelassen, noch heute wünschte er sich, die wehrlosen Menschen vor dem Bösen zu beschützen, um damit Recht und Ordnung in seinem Land zu sichern.

Jetzt aber sah er Schulze an seiner linken Seite gehen und ab und zu vor sich hinspucken. Stefan hörte auch die immer lauter werdenden Schreie der Menschen, die nach Freiheit und Gerechtigkeit schrien. Dabei wünschte er sich sehnsüchtig, daß es zwischen den beiden Fronten zu keinerlei Gewalt kommen möge. Stefan wünschte sich dies, weil er noch nie einer Fliege etwas zuleide getan hatte und hoffte, daß es auch in Zukunft so bleiben würde.

Die laute Stimme des Gruppenführers befahl ihnen, anzuhalten, und erlaubte ihnen, sich eine Zigarette anzuzünden. Ein kurzes Lachen ging durch die Kolonne. Sie lachten über die letzte Bemerkung des Gruppenführers, denn bisher hatte er ihnen noch nie eine Zigarettenpause gegönnt. Aber sie lachten auch, um die Angst von sich abzuschütteln. Schulze schien dies irgendwie bekannt zu sein, denn er schenkte dem Lachen keine Aufmerksamkeit. Statt dessen schaute er in Richtung der grölenden Stimmen, die immer lauter wurden. Aus der gleichen Richtung

fuhr ein weißer Golf auf sie zu. Kurz darauf blieb er neben Schulze stehen. Stefan sah darin zwei Männer sitzen. Den auf dem Beifahrersitz erkannte er, da dieser sich vorhin mit Schulze unterhalten hatte. Auch jetzt sprachen sie kurz miteinander, bevor das Auto weiterfuhr.
Er verfolgte eine kleine Weile das Auto, welches in Richtung ihrer abgestellten Einsatzfahrzeuge fuhr. Dann merkte Stefan plötzlich, daß seit einiger Zeit der Verkehr wie ausgestorben war. Selbst die bis dahin zahlreichen Passanten waren nicht mehr zu sehen. Für einen Moment wirkte die Stadt wie ausgestorben, und es schien ihm unvorstellbar, daß in wenigen Minuten die Menschen aufeinander losgehen könnten.
Plötzlich riefen einige seiner Kameraden: „Da sind sie!" Er schaute in die Richtung, aus der vorher das kleine Auto gekommen war. Etwa zweihundert Meter von ihnen entfernt an einer Straßenkreuzung standen die ersten vermummten Demonstranten. In den Händen hielten sie Transparente. Die Kolonne der Demonstranten kam aus einer Nebenstraße und bewegte sich weiter in Richtung der Hauptstraße und des Polizeiaufgebotes. Die Entfernung war zu groß, um etwas lesen zu können. Ihre Rufe waren aber inzwischen so stark geworden, daß Stefan dachte, die umliegenden Fensterscheiben würden zu Bruch gehen.
Dann hörte man die strenge Stimme des Gruppenführers: „In zwei Reihen aufstellen", befahl Schulze seinen Leuten. Er mußte es nicht zweimal sagen, denn die vor ihm Stehenden befolgten blitzartig seine Anweisungen. Schulze gab ihnen die letzten Instruktionen, um ihnen dann den Befehl zu erteilen, bis zu den Demonstranten vorzurücken. Der Demonstrationszug war inzwischen komplett aus der Nebenstraße auf die Hauptstraße vorgerückt, und die Spitze des Zuges befand sich bereits vor dem Gelände des Gymnasiums.
Nach wenigen Minuten erreichte die Polizeikolonne ebenfalls die Stelle, wo das Außengelände des Gymnasiums begann. Im Schulhof war niemand zu sehen. Sämtliche Fenster waren geschlossen, dennoch kam es Stefan so vor, als hätte er Menschengestalten dahinter gesehen. Es blieb

ihm aber keine Zeit, sich zu vergewissern, denn die Demonstranten hatten sich ihm und seinen Kameraden gefährlich genähert, und es war größte Vorsicht geboten. Schulze hatte seine Männer zwischen den Demonstranten und dem Schulgebäude postiert und dadurch gleichzeitig verhindert, daß die Demonstranten den Schulhof erreichen konnten.

Stefan sah zum erstenmal in seinem Leben eine derartige Menschenmenge, die gegen etwas demonstrierte. Sonst kannte er Demonstrationen und Demonstranten nur aus Lehrbüchern, aber heute mußte er ihnen gegenüberstehen. Nur, diese dort sahen nicht so aus, als kämen sie aus den Geschichtsbüchern. Die damaligen Menschen kämpften auf der Straße um ihre Rechte, sie waren entweder Bergbauern in aufgetragenen und zerfetzten Klamotten oder Fabrikarbeiter in ölverschmierten Arbeitssachen. Stefan hatte in seinen Büchern auch Menschen gesehen, die in Sonntagskleidung für eine soziale Gerechtigkeit gekämpft hatten, aber die Demonstranten vor ihm waren mit keiner dieser Gruppen aus den Büchern zu vergleichen. Offensichtlich vertraten sie eine neue Klasse in ihren abgewetzten Jeanshosen und den schwarzen Lederjacken. Das verwirrendste aber waren die schwarzen Kapuzen, die das Gesicht verdeckten. Stefan war es nicht möglich zu unterscheiden, ob ein Demonstrant alt oder jung war. Er konnte aber auch nicht feststellen, ob es sich um einen Mann oder eine Frau handelte. Das einzige, was die Demonstranten mit lauter Stimme von sich gaben, war die Forderung zur Erhaltung der Natur. Er hörte auch, wie die Demonstranten immer lauter die Gymnasiasten aufforderten, mitzumachen. Dabei mußte Stefan an seine älteren Ausbildungskameraden denken. Und immer wieder mußte er an die Gummischleudern mit den Stahlkugeln denken.

„Das sind also die Menschen, die uns mit Stahlkugeln beschießen", sagte Stefan leise vor sich hin. Dabei zog er den Schutzschild noch höher und hielt den Schlagstock noch fester in der rechten Hand. Die Anführer der Demonstration hatten etwa zwanzig Minuten lang über Megaphon die

Schüler immer wieder aufgefordert, im Kampf zur Erhaltung der Natur mitzumachen. Sie sprachen dabei auch über atomare Waffen und den Frankfurter Flughafen. Allmählich hörten sie auf, zu den Schülern zu sprechen. Statt dessen beschimpften sie die Polizisten als Bullenschweine und den Staat als Schweinestaat. Den meisten Demonstranten schien das zu gefallen, denn sie fielen in diesen Sprechchor mit ein. Sie begannen laut zu pfeifen und über Stefan und seine Kameraden weiter zu schimpfen. Es flogen nun auch die ersten leeren Getränkedosen und Flaschen. Kurz darauf gab Schulze das Signal zum Angriff an seine zahlenmäßig unterlegene Mannschaft. „Angreifen“, wiederholte er laut, so als wollte er sich vergewissern, daß auch wirklich er selbst diesen Befehl gegeben hatte. Stefan sah zur gleichen Zeit, daß seine Kameraden mit erhobenen Schlagstöcken auf die maskierten Demonstranten zugingen.

„Mein Gott“, sagte er, „ich muß jetzt auf sie losgehen und mit dem Stock auf sie schlagen, obwohl ich diese Menschen gar nicht kenne.“ Seine Gedanken wurden von einem Schlag, der ihn am Hals traf, unterbrochen. Er schrie auf und Tränen traten ihm in die Augen. Er hatte sich kaum nach links gewandt, um zu sehen, von wem der Schlag gekommen war, als ihn der nächste schmerzhafte Schlag in die rechte Nierengegend traf. Stefan schrie erneut, aber nun drehte er sich nicht mehr um, sondern nahm den langen Schlagstock und schlug auf den nächstbesten Demonstranten, der ihm im Weg stand, ein. Erneut hob er den Schlagstock.

Bald darauf sah er vor sich nur noch schreiende Gestalten, die auf den Boden fielen, aber es waren nicht nur vermummte Demonstranten, sondern auch einige seiner Kameraden. Stefan merkte und wußte, daß er immer wieder Schläge bekam, aber sie machten ihm nichts aus. Seine Angst war so stark, daß er betete und in Gedanken hoffte, daß ihn keine Stahlkugel treffen möge. Er wußte nicht, wie lange die gewaltsame Auseinandersetzung gedauert hatte, aber es kam ihm wie eine Ewigkeit vor. Er konnte nicht begreifen, daß das die ganze Wahrheit war, und daß die

Menschen so brutal aufeinander losgehen konnten. Stefan schaute sich um und sah viele blutige Menschen schreiend am Boden liegen. Er bemerkte, daß die große Masse der Demonstranten nicht mehr vorhanden war und die ersten Krankenwagen mit Blaulicht kamen. Es erschien ihm wie eine Kriegsszene, die man sonst nur in den Nachrichten sah.

Durch das Bild, das sich seinen Augen bot, brach eine bekannte Stimme, die er völlig vergessen hatte. „Männer", rief Schulze laut und energisch, „schafft die herumliegenden Transparente an die Seite und helft den Leuten vom Roten Kreuz, die Verletzten in die Autos zu bringen." Schulze mußte das nicht zweimal sagen, denn die unverletzten Polizisten packten bereits mit beiden Händen zu. Die Verletzten wurden schnell auf mehrere Krankenwagen verteilt, und die wiederum verließen den Ort, an dem die Polizeischüler der ersten Klasse ihren ersten Zusammenstoß mit den Demonstranten hatten, mit Blaulicht und heulender Sirene.

Nachdem auch der letzte Krankenwagen weggefahren war, sammelte Schulze seine Leute in zwei Reihen, die jetzt nicht mehr vollzählig waren, und machte sich auf den Weg zu den Mannschaftsbussen. Die Uniformierten mit ihren Kindergesichtern gingen schweigsam hintereinander. Keiner drehte sich um, als wollte jeder so schnell wie möglich das ganze vergessen.

Gleich nach der Ankunft im Ausbildungszentrum sagte Schulze, daß diejenigen mit nur leichten Verletzungen sich zur Sanitätsstation begeben sollten. „Und bis morgen früh habt ihr frei", sagte er, bevor er sich umdrehte und den Appellplatz verließ.

Erst jetzt, seit sie sich wieder im Ausbildungsgelände befanden, betrachtete Stefan seine Zimmergenossen. Er sah, daß sie mit leichten Kratzern davongekommen waren, und freute sich darüber. Nur hatte er keine Lust, sich lange mit ihnen zu unterhalten. Statt dessen versuchte er, so schnell wie möglich unter die Dusche zu kommen, um danach ein Erholungsnickerchen zu machen.

Die ersten Schatten der Dunkelheit drangen in sein Schlafzimmer, als Stefan vom Piepsen seiner Armbanduhr geweckt wurde. Ohne viel Zeit zu verlieren zog er seine Zivilsachen an, denn er hatte sich vorgenommen, am Abend noch Anna zu besuchen. Eine Stunde später stand er mit seinem Motorrad vor ihrem Haus. Gleich darauf trat er ein, war aber nicht sehr gesprächig. Er sagte nur das Notwendigste. Auch, als er ein paar Stunden später nackt mit Anna im Bett lag, waren seine Gedanken nicht in dem Raum. Anna bemerkte seine Abwesenheit und nahm sich vor, herauszufinden, was ihn so bedrückte. Um Mitternacht, als er sich von ihr verabschiedete, wußte sie es immer noch nicht. Aber sie wußte, was immer es sein mochte, es hatte Stefan verändert. Nur konnte sie nicht entscheiden, wie stark seine inneren Gefühle verletzt waren.

Die nächsten Tage verliefen ruhig in der Schule. Das nutzten die Teilnehmer der ersten Klasse, um ihre Kräfte und die Wunden zu schonen. Stefan nutzte die freie Zeit, um durch die Stadt zu bummeln und dabei die Schaufenster der unzähligen Kaufhäuser anzuschauen. Er tat dies nicht aus reinem Zeitvertreib, sondern auch um etwas für die Tante zu kaufen, die am Wochenende Geburtstag hatte. Er gab sich besonders viel Mühe, ein Geschenk zu finden, das der Tante auch ganz bestimmt Freude bereiten würde.
Die glühende Sonne hatte ihre Mittagsposition erreicht, als Stefan eilig ein Geschäftshaus verließ. Er ging in Richtung Hauptwache, wo er einige Stunden vorher sein Motorrad abgestellt hatte. Er paßte auf, daß keiner von den Passanten das Paket, welches er unter dem Arm trug, zertrümmerte. Eine Viertelstunde später erreichte er die dunkelblaue Maschine, auf der er jetzt sorgfältig das Geschenk für Tante Luise festmachte. Er vergewisserte sich, daß es wirklich gut befestigt war, bestieg die Maschine und fuhr mit gemäßigter Geschwindigkeit in Richtung von Annas Wohnung. Sie würde erst in einigen Stunden nach Hause kommen, das wußte er. Das lange Laufen und der Kampf mit den Passanten auf der Straße, um an ihnen

vorbeizukommen, hatten ihn ganz fertiggemacht, und er
wünschte sich, sich eine Weile auf Annas Couch legen zu
können und auf sie zu warten. Stefan wollte sie aus zwei
Gründen unbedingt sehen. Der erste war seine Liebe zu ihr
und die Sehnsucht, die nie richtig gestillt wurde, und der
zweite, daß er ihr unbedingt das Geschenk zeigen wollte,
um ihre Meinung zu hören. Außerdem wollte er ihr vor-
schlagen, das kommende Wochenende gemeinsam in Meinort zu verbringen.
Etwa eine halbe Stunde, nachdem er an der Hauptwache
losgefahren war, erreichte Stefan Annas Wohnung. Er
stellte die Maschine ab, nahm das Päckchen und ging in
das Haus. Kurz darauf stand er vor ihrer Wohnungstür, in
der rechten Hand den Schlüssel, den Anna ihm vor langer
Zeit gegeben hatte. Bevor er ihn aber in das Schloß steckte,
zögerte er, denn er hörte etliche Stimmen aus dem Inneren
der Wohnung. Er versuchte, sich einzureden, daß es ein
Irrtum wäre, daß es nicht stimmte, weil Anna nicht zu
Hause war. Mit diesem Gedanken betrat er die Wohnung.
Aber gleich nach den ersten Schritten mußte er feststellen,
daß er sich nicht getäuscht hatte, denn er hörte jetzt ganz
deutlich Annas Stimme aus dem Wohnzimmer. Dabei fiel
ihm auch auf, daß sich im Flur dicker Zigarettenqualm befand.
Mit schnellen Schritten betrat er das Wohnzimmer. Stefan
sah Anna am Boden sitzen, und andere Menschen, die er
nicht kannte, saßen in den Sesseln. Die Augen der Anwesenden richteten sich auf ihn, und Stefan hob die Hand
zum Gruß. Erst jetzt, als er die anderen grüßte, wurde er
von Anna bemerkt, die anscheinend ein lebhaftes Gespräch bis dahin geführt hatte. Anna schaute ihn einen
kurzen Moment schweigend an, denn sie war durch seine
plötzliche Anwesenheit sehr überrascht. Sie stützte sich
mit beiden Händen am Boden ab, um aufzustehen. „Stefan,
was machst du hier?" Und ohne die Antwort abzuwarten,
nahm sie ihn bei der Hand und ging mit ihm in die Küche.
Stefan war von dem Besuch dieser Menschen und über die
Frage Annas irritiert, deshalb folgte er ihr wortlos in die
Küche. Nun wartete er gespannt auf die Geschichte, die sie

ihm anscheinend anvertrauen wollte. „Du, welches Paket trägst du da?" fragte sie ihn, offensichtlich immer noch überrascht über seine Anwesenheit. Stefan merkte es, aber ohne ein Wort zu verlieren umarmte er sie und gab ihr einen Kuß auf die Wange. „He, Schatz", sagte er, „mach nicht so ein blasses Gesicht, sonst denke ich noch, daß du Angst vor mir hast." Anna ging einen halben Schritt zurück und löste sich aus seiner Umarmung.
Mit einem Lächeln sagte sie: „Erzähl doch nicht so einen Quatsch, Stefan. Ich habe dich nicht hierher geholt, um solchen Blödsinn zu hören." Danach erlosch das Lächeln auf ihrem Gesicht, und die bis dahin feste Stimme begann zu zittern. „Ich habe nicht gewußt, daß du so früh kommst, deshalb habe ich mir einige Freunde nach Hause eingeladen." Stefan lachte halblaut, als er es hörte, und legte erneut den Arm um sie. „Ach entschuldige, Anna, wenn ich lache", sagte er, „weißt du, ich habe neulich etwas ähnliches gedacht. Aber das spielt jetzt keine Rolle mehr. Was deine Freunde angeht, so habe ich keineswegs etwas dagegen. Mir ist wichtig, daß du hier bist."
„Ach, du dummer Kerl", antwortete Anna, „wann hörst du auf, so kindisch zu sein?" Dabei schob sie ihn leicht von sich.
Er wiederum nahm sie erneut in den Arm und küßte sie sanft auf den Mund. Stefan merkte dabei, daß ihre Lippen zum Küssen nicht bereit waren, aber das störte ihn in diesem Moment nicht, denn seine brannten vor Feuer und Sehnsucht nach ihr. Bevor er seinen Kopf zurückzog, spürte Stefan, daß sein Liebeswerben Wirkung gezeigt hatte. „Anna", sagte er, „ich muß dir gestehen, wenn wir weiterhin hier allein bleiben, kann ich für nichts garantieren." Anna blieb mit ernsthaftem Gesicht stehen und sagte: „Du, ich komme mit dir in die Küche, um dir etwas über meine Freunde zu erzählen. Es sind zwar nur Studienkollegen", fuhr sie fort, „aber sie sind auch in der Öko-Bewegung engagiert, und ich möchte dir sagen, daß du dich nicht über ihr Gequassel aufregen sollst."
„Ach so", meinte Stefan, „ich dachte schon, du hättest Angst, ich könnte dich vor deinen Kollegen blamieren. Na,

ist es so oder nicht?" fragte er mit ernstem Blick. „Ach was, Stefan", sagte Anna, „ärgere mich nicht, sondern tu mir den Gefallen und geh mit mir ins Wohnzimmer und laß die ihren Quatsch reden."

„Nein", antwortete Stefan lässig, „ich kam doch hierher, um mich auszuruhen, und deshalb werde ich mich jetzt ins Schlafzimmer schleichen und auf das Bett legen."

„Na gut, tu das", sagte Anna, drehte sich um und ging ins Wohnzimmer. Stefan blieb noch eine Weile in der Küche stehen und schaute sich um, als ob er etwas Bestimmtes suchen würde. Gleichzeitig versuchte er, seine Gedanken zu ordnen. Anna hatte ihn schon früher mit ihren Studienkollegen bekanntgemacht, aber sie hatte ihn nicht auf sein Benehmen dabei angesprochen. Was soll das überhaupt, fragte er sich. Bin ich ein Tier, das nicht weiß, was Anstand zu bedeuten hat? Dadurch, daß er sich mit dieser Frage beschäftigte, merkte er gar nicht, wie er sich immer mehr aufregte, seitdem Anna die Küche verlassen hatte.

Er nahm das Päckchen, das er auf den Tisch gelegt hatte, und sah in Richtung Flur. Noch vor einigen Minuten hatte er sich gefreut, das Päckchen mit dem hellroten Sommerhut Anna zeigen zu können, aber jetzt stellte er sich die Frage, ob es überhaupt noch wichtig war, daß Anna das Geschenk sehen würde. Außerdem hatte er es ja bereits gekauft und es gefiel ihm auch. Stefan war mittlerweile so aufgeregt, daß ihm die Lust zu schlafen vergangen war. Er beschloß, ins Ausbildungszentrum zurückzufahren und sich auf das Wochenende vorzubereiten. Bevor er aber die Wohnung verließ, überlegte er, ob er sich verabschieden sollte. Der Zorn auf Anna veranlaßte ihn aber, ohne Abschiedsgruß zu gehen, und er schloß leise die Wohnungstür.

Stefan ging auf seine Maschine zu, die er etwa zwanzig Meter von Haus entfernt hinter einem Kombi abgestellt hatte. Er verstaute erneut das Päckchen auf dem Gepäckträger. Er setzte den Schutzhelm auf und sah noch einmal zur Haustür hin. Gerade verließ Anna mit ihren Besuchern das Haus. Stefan kochte vor Wut und konnte nicht fassen, daß sie so gemein zu ihm sein konnte. Er wußte nicht, wie er sich jetzt verhalten sollte. Einfach vorbeifahren, kurz anhalten und sich von Anna verabschieden? Er tat nichts von alledem, sondern blieb weiterhin unbemerkt hinter dem Kombi stehen und wartete, bis alle in einen relativ alten, hellblauen VW-Bus stiegen und sich in Bewegung setzten.

Nachdem sie sich entfernt hatten, drückte Stefan auf den Startknopf und entschloß sich, unbemerkt von den anderen hinter ihnen herzufahren. Er wußte nicht, warum er es tat, und er wußte auch nicht, was er am Ende der Fahrt tun würde. Er hatte nur einen vagen Verdacht, der ihm sagte, daß Anna ihn verlassen wollte. Bei diesem Gedanken durchströmte ihn ein Gefühl, ähnlich wie ein Stromschlag, denn bisher hatte er nie für möglich gehalten, daß Anna ihn verlassen könnte. Diese Überlegungen veranlaßten ihn noch mehr, die Verfolgungsfahrt fortzusetzen.

Die Fahrt dauerte eine knappe halbe Stunde und endete in einer Gasse unweit der Zeil. Stefan hielt hinter einem Bauwagen an, und das gab ihm die Möglichkeit, weiterhin unbemerkt zu bleiben. Er schaute durch das Visier seines Helmes und sah, wie die jungen Menschen das Auto verließen und ein ziemlich heruntergekommenes Haus betraten. Eine Zeitlang betrachtete er die graue Fassade, an der eine rote Leuchtreklame hing. Er war zu weit weg, um die Schrift lesen zu können. Er blieb noch hinter dem Bauwagen stehen und überlegte, ob er Anna nachgehen sollte. Die Vernunft siegte aber, und deshalb ließ er die Maschine an, drehte auf der schmalen Straße um und nahm sich vor, ins Ausbildungszentrum zu fahren.

Es war bereits dunkel geworden, und die Straßenlaternen warfen ihre hellen Strahlen über die Straßen, wo ein recht lebhafter Verkehr herrschte. Stefan achtete nicht sehr darauf, denn in Gedanken war er bei Anna, die er heute nicht wiedererkannt hatte. Er wäre nie auf den Gedanken gekommen, daß sie ihn einmal auf sein Benehmen hinweisen würde, denn das war fast genauso, als würde sie ihm sagen, daß er nicht erwünscht sei. „Jawohl, so ist es", sagte er halblaut vor sich hin. Stefan dachte an seine Beschattungsfahrt, bei der er am Ende zusehen mußte, wie sie mit

ihren Freunden einen Musikladen betrat. Offensichtlich
hatte Anna es gar nichts ausgemacht, daß Stefan ohne ein
Wort die Wohnung verlassen hatte. Daraus schloß er, daß
derjenige, dem sie ihre Zuneigung schenken würde, aus
der Gruppe sein mußte. Bei diesem Gedanken regte er sich
erneut auf, so daß er Gas gab und mit großer Geschwindigkeit die vor ihm fahrenden Autos überholte. Ihn ärgerte es,
daß Anna nicht den Mut gefunden hatte, es ihm zu sagen.
Inzwischen befand er sich am Theaterplatz. Kraftvoll drückte er auf das Bremspedal und wechselte die Fahrtrichtung.
Ich werde sie jetzt am Kragen packen und ihr die ganze
Wahrheit ins Gesicht sagen, dachte Stefan. Er fuhr langsam an den grauen Fassaden und den roten Leuchtrekla-
men vorbei. Wenige Minuten später stellte er seine Maschine vor dem Lokal ab. Als er sich dem Eingang näherte,
merkte er, daß die Musik aus dem Inneren des Hauses
stark zu hören war. „Es muß eine Disko sein", sagte er sich
und stieg die Treppen hinauf. An deren Ende befand sich
ein Tisch, der zugleich die Kasse darstellte. Stefan schaute
das Mädchen an, das ihn freundlich anlachte, und zog,
ohne ein Wort zu sagen, sein Portemonnaie aus der Tasche.
„Fünfzig Mark, bitte", sagte die Kassiererin mit ihrer freundlichen Stimme. Zuerst dachte er, daß das Mädchen Spaß
machen würde, und deshalb lachte er spontan zurück.
Dann aber wurde das Gesicht ernst und sie wiederholte
den Eintrittspreis. Das Lächeln auf Stefans Gesicht erlosch, und er fragte sich, wo er sich wohl befände. Selbst
wenn es die nobelste Diskothek der Stadt wäre, würde der
Eintrittspreis nicht so hoch sein. Aber dies war ein heruntergekommenes Haus, und trotzdem sollte er einen so
hohen Preis bezahlen. „Das muß doch etwas Besonderes
sein", sagte er sich. Ohne ein Wort reichte er der Kassiererin das Geld. Von der Kasse aus führte ein schmaler Gang
zu dem Saal, wo sich die Besucher aufhielten. Stefan
durchquerte den schwach beleuchteten Gang und betrat
den Saal. Seine Augen mußten sich erst an die Dunkelheit
im Raum gewöhnen. Eine Bühne, schwach erleuchtet, war
zu erkennen. Deshalb konzentrierten sich seine Blicke zuerst darauf und dann auf die Tanzfläche.

Er schaute die Tanzenden einzeln an. Die fremden Menschen hatten die Augen geschlossen. Nach kurzer Zeit hatte er festgestellt, daß Anna sich nicht unter den Tanzenden befand. Der Saal war im Stil einer Arena aufgebaut. Auf den ringartigen Terrassen befanden sich Tische und Stühle, die an diesem Abend bis auf den letzten Platz besetzt waren.

Stefan stand am oberen Ende der Tischreihen. Hinter ihm befand sich eine lange Theke, wo mehrere Bedienstete alle Hände voll zu tun hatten. Er schaute sich auch dort um, aber er konnte Anna nicht entdecken. Seine Blicke wanderten über die Tischreihen, aber er sah sie nicht. Er sah junge Mädchen in männlicher Begleitung, die in zerrissenen Kleidern ihr Bier tranken. Dabei hatten sie ständig ein künstliches Lächeln aufgesetzt, wie er fand. Stefan wünschte sich, daß er nicht lange diese Art von Lächeln und diese sogenannte Fröhlichkeit betrachten mußte. Aber heute war es notwendig, diesen Gesichtern nachzugehen, um die Wahrheit über sich und Anna zu erfahren.

Seine Gedanken wurden von einem zarten Händedruck unterbrochen. Er mußte nicht lange überlegen, wer es war, denn er fühlte, daß es Annas Hand war. „He, du", sagte sie laut, um die noch lautere Musik zu übertönen, „was, um Himmels willen, suchst du hier, Stefan?"

„Die gleiche Frage möchte ich dir stellen, Anna", sagte Stefan mit ruhiger Stimme. Dabei stellte er fest, daß in ihrem Gesicht ebenfalls keine Fröhlichkeit zu sehen war. „Was, du möchtest wissen, was ich hier tue?" fragte sie aufgeregt. „Ja, das möchte ich schon wissen", sagte er. „Ich möchte dich auch gern fragen", fuhr Stefan fort, „wie es kommt, daß du mich auf mein Benehmen aufmerksam machst und selbst etwas tust, was mich in Verlegenheit bringt."

„So, das überrascht mich aber", sagte Anna etwas spöttisch, „dann verrate mir bitte, was ich verbrochen habe."

„Ach, du weißt es nicht. Na gut, dann werde ich deinem Gedächtnis etwas auf die Sprünge helfen. Heute nachmittag, als ich zu dir nach Hause kam", begann er, „hast du dich gar nicht gefreut, mich zu sehen. Im Gegenteil. Du

hast mich schnellstens von deinen Freunden weg in die
Küche gezerrt, um mir dort den Quatsch zu erzählen, den
ich dir nicht abnehme, weil ich glaube, daß du mich los-
werden willst."

Anna stand schweigend neben Stefan und schüttelte den
Kopf. Sie hörte ihm aber weiter aufmerksam zu. „Du hast
überhaupt nicht bemerkt, nachdem du ins Wohnzimmer
zurückgegangen warst, daß ich die Wohnung verlassen
habe. Ich wollte gerade wegfahren, als ich die nächste Ent-
täuschung erlebt habe, denn ich mußte zusehen, wie du mit
deinen Freunden weggegangen bist. Das hat mir bestätigt,
daß meine Vermutungen richtig sind. Deshalb bin ich dir
nachgefahren, um dir ins Gesicht zu sagen, daß du mich
nicht für dumm verkaufen kannst. Aus diesem Grunde
verlange ich von dir auf der Stelle, daß du mir sagst, daß es
zwischen uns nichts mehr gibt."

Anna hatte weiterhin schweigend zugehört, legte aber
jetzt ihre Arme um seinen Hals und küßte ihn auf den
Mund. Nachdem sie sich wieder zart von ihm getrennt
hatte, sagte sie mit leiser Stimme: „Du bist doch ein süßer
Idiot, Stefan, und ich liebe dich deshalb und weiß, daß du
mich auch liebst und vor Eifersucht fast blind geworden
bist." Sie sagte ihm auch, daß alles Quatsch wäre, was er
bisher erzählt hätte, und daß er sich diese dummen Gedanken aus dem Kopf schlagen sollte, denn sie würde nur ihn
lieben, und es würde nie einen anderen geben, weder jetzt
noch später.

Danach breitete sich ein schwaches Lächeln auf seinem
Gesicht aus, was er nicht verbergen konnte. „Na gut", sagte
er, „wenn es so ist, warum gibt es dann diese Geheimnis-
tuerei und die Angst, mich deinen Bekannten vorzustellen?"

Anna versuchte, mit zitternder Stimme eine Antwort zu
geben. „Es ist nicht so, wie du denkst, Stefan", sagte sie.
„Das mußt du mir glauben. Ich habe dir doch gesagt, daß es
Naturnarren sind, und man bekommt Kopfschmerzen,
wenn man ihnen zuhört, und gerade damit wollte ich dich
verschonen. Jawohl", sagte sie mit erhobener Stimme. „Ich
möchte einfach, daß du damit nichts zu tun hast."

omit?" fragte Stefan neugierig. Anna gab ihm darauf
ne Antwort, sondern schaute nur schweigend zur Tanz-
che hinunter.
ch kurzer Zeit hob sie ihren Blick zu Stefan und sagte:
s wäre gut, wenn du jetzt in die Schule zurückfährst.
nst verfällt noch deine Ausgeherlaubnis." Stefan regte
h sehr darüber auf und war in diesem Moment auf sich
d Anna wütend. „Anna, du lügst mich an", sagte er ver-
eifelt. „Ich kann dich nicht verstehen. Du bist nicht
hr die gleiche wie früher. Nein, das bist du nicht", wie-
holte er. „Gut", setzte er hinzu, „wenn du es so haben
lst, verlasse ich sofort das Lokal." Stefan hatte kaum zu
de gesprochen, als er sah, wie ein Kerl zu Anna ging und
auf die Schulter klopfte. Stefan erkannte ihn wieder. Er
tte ihn vor wenigen Stunden in Annas Wohnung gese-
n. Er verlor die Geduld, als er zusehen mußte, wie der
nghaarige Anna aufforderte, an den Tisch zurückzukeh-
. Stefan biß die Zähne zusammen, und mit geballter
ust schlug er ihm an den Kopf. Es genügte nur ein
lag, um ihn zu Boden zu befördern. Gleich darauf schrie
Anna an: „Jetzt kannst du dich meinetwegen weiter mit
nen Naturfreunden unterhalten." Nach diesen Worten
hte er sich um und verließ das Lokal. Seine Schritte
ren so schnell, daß er nicht mehr hören konnte, wie
na ihn ebenfalls anschrie und beschimpfte.
benötigte nur kurze Zeit, um sein Motorrad zu errei-
n. Er hob sein linkes Bein, um die Maschine zu bestei-
. Dabei streifte sein Blick den Gepäckträger. Er traute
nen Augen nicht, als er feststellen mußte, daß das Ge-
enk für Tante Luise nicht mehr da war. Er fluchte laut,
d ein unbeschreiblicher Zorn ergriff von ihm Besitz.
fan war so wütend, daß er am liebsten ins Lokal zurück-
ehrt wäre, um dem Typen, der wahrscheinlich noch am
den lag, noch eine draufzugeben. Aber die Besinnung
rte wieder und veranlaßte ihn, aufzusteigen und zum
sbildungszentrum zurückzufahren.
nächsten Tag konnte er das Schulgelände erst so spät
lassen, daß sämtliche Geschäfte in der Stadt bereits ge-
lossen hatten. Stefan machte das aber nichts aus, denn

für ein neues Geburtstagsgeschenk reichte sein Geld ohnehin nicht, und seine Eltern mochte er nicht um Geld fragen, denn sie hatten schon mehr als genug für ihn ausgegeben. Er war sich aber sicher, daß er noch ein Geschenk besorgen würde. Er wußte nur noch nicht, wie. Der Tag ging zu Ende, als er auf seinem dunkelblauen Motorrad der Mainmetropole den Rücken kehrte.

Die Sommerzeit mit ihren warmen Tagen war vorbei. Jetzt im Herbst waren vor allem die Nächte kalt. Das merkte Stefan deutlich, als er in Richtung seines Heimatortes fuhr. Die Kälte drang zwar durch seinen Lederanzug und seine Haut, aber das berührte nicht seine Gefühle, die sich in ihm ausbreiteten und sich auseinandersetzten mit ihm und Anna. Die ganze Zeit hatte er versucht, den gestrigen Tag zu vergessen und aus seinen Gedanken zu löschen, aber sein Empfinden war dagegen und holte ihm immer wieder die Bilder vor Augen. Stefan dachte vor allem Dingen an Annas Gesicht, als er zum letztenmal ihr Wohnzimmer betreten hatte. Dann dachte er auch daran, wie sie ausgegangen war, gleich, nachdem er unbemerkt die Wohnung verlassen hatte. Am meisten regte er sich aber auf, wenn er an die Ereignisse im Musiklokal dachte. Es tat ihm einen Moment leid, daß er den langhaarigen Typen körperlich angegriffen hatte.
Nach ein paar Stunden Fahrt erreichte Stefan den friedvollen Bergort. Die Mutter, die ihm die Haustür öffnete, sprang vor Freude durch den Flur, als sie ihren Sohn nach so langer Zeit wiedersah. „Mein Junge", rief sie und umarmte ihn. Stefan begrüßte seine Eltern sehr freundlich und begab sich dann in sein Zimmer, um die Kleidung zu wechseln, denn Tante Luise wartete. Seine Eltern waren schon bereit. Kaum hatte Stefan das Wohnzimmer betreten, als seine Mutter sagte: „Rate mal, was geschehen ist, Stefan."
Bilder der letzten Tage und Wochen schossen buchstäblich durch seinen Kopf, begleitet von einem leisen Zähneknirschen. Er hatte eine ernste Miene aufgesetzt und sagte,

daß er es nicht wüßte. Seine Mutter, die ihn noch nie so ernst erlebt hatte, blickte ihn an und redete schließlich weiter. „Tja, Stefan", sagte sie, „ich habe gemeinsam mit deinem Vater über dich nachgedacht und auch über Luises Geburtstag." Bei diesen Worten ging sie zum Wohnzimmerschrank und nahm ein eingewickeltes Päckchen heraus. „Hier, das haben dein Vater und ich für die Tante gekauft." Nach diesem Satz blieb Stefan noch ein paar Sekunden regungslos stehen, brach dann aber in starkes Gelächter aus. Er lachte so laut, daß man ihn noch auf der Straße hören konnte. Aber kein Mensch konnte ahnen, daß er am liebsten geweint hätte.

Der Tisch war reichlich gedeckt. Stefan saß neben seiner Tante, und er tat alles, um sie bei Laune zu halten. Ihm war bewußt, daß er sich in der letzten Zeit sehr verändert hatte, aber er wollte sich das auf keinen Fall anmerken lassen. Er berichtete über die wenigen guten Tage, die er während seiner Ausbildung erlebt hatte. Dabei mußte er auch die Geschichte mit seinem Ausbilder Schulze und dem Schornsteinfeger erzählen, der betrunken über die Straße gefahren war. Als er die Geschichte zu Ende erzählt hatte, brachen die Anwesenden in lautes Gelächter aus. Stefan wartete still ab, bis die Ruhe wieder eingekehrt war, um ein weiteres Erlebnis zu erzählen, aber er kam nicht dazu, denn Tante Luise stellte ihm eine Frage. Er hatte heimlich die ganze Zeit darauf gewartet, obwohl er die Person, um die es sich handelte, mit allen Kräften zu vergessen suchte. „Stefan, warum hast du Anna nicht mitgebracht?" fragte die Tante. Er antwortete nicht sofort, denn er hatte die lange vorbereitete Antwort vergessen und sah vor seinem inneren Auge die Bilder der vergangenen Zeit. Bei diesen Gedanken fing er an zu zittern, und der Schweiß brach auf seiner Stirn aus. Stefan riß sich zusammen und antwortete mit leiser Stimme. Dabei wagte er nicht, ihr in die Augen zu blicken.

„Anna konnte nicht kommen", begann er, „sie hat zuviel Arbeit und muß viel für die bevorstehenden Prüfungen lernen." Er hatte das Gefühl, den längsten Satz seines Lebens gesprochen zu haben. Dabei traute er sich immer noch nicht, seiner Tante in die Augen zu schauen, nachdem er sie nun so belogen hatte.

Es entstand eine gespannte Atmosphäre im Raum, und keiner wußte so recht etwas zu sagen. Tante Luise war es, die einen neuen Gesprächsstoff in die Runde einbrachte. Sie begann, über moderne Musik zu reden, und betonte, daß sie diese Art Musik gern hätte. Ihr fiel dabei ein, daß im Fernsehen gerade eine Live-Show zu sehen wäre. Sie stand auf und schaltete das Gerät ein. Stefan und seine Eltern schauten sich die Musikinterpreten an, wobei jeder in seine eigenen Gedanken versunken war. Lediglich Tante Luise äußerte hin und wieder ihre Meinung zu den jeweiligen Liedern und über die Kleidung der Betreffenden.

Stefan machte dies nichts aus, im Gegenteil. Er hatte es gern, wenn seine Tante an etwas Freude hatte. Er fand es jedoch unfair von ihr, jedesmal von ihm seine Meinung zu ihren Äußerungen erfahren zu wollen. Er empfand es wie einen Zwang, der ihn aus seinen Überlegungen reißen sollte. Er versuchte, so gut es ging, auf ihre Fragen einzugehen, aber seine Gedanken waren nicht in diesem Raum, denn statt der Musikklänge im Fernsehen hörte er die schreienden Stimmen der Menschen, auf die er in der letzten Woche mit dem Schlagstock losgegangen war. Er erinnerte sich an die Gesichter, die unter den Kapuzen versteckt waren. Er hatte mit eigenen Augen sehen müssen, wie das Blut unter dem schwarzen Stoff hervorquoll. Es ist grausam, sagte er sich in Gedanken. Genauso schwer ist es aber auch, wenn man sich mit niemandem darüber unterhalten und erklären kann, daß es nicht die eigene Schuld ist, daß die Menschen so brutal miteinander umgehen, und ein zukünftiger Polizist daran nichts ändern kann.

Seine Gedanken wanderten weiter zu Anna, die ihm jetzt sehr fehlte und die er genauso wie am ersten Tag liebte. Sein Atem ging schneller, und er wußte nicht so recht, wie er ihr jetziges Verhältnis einordnen sollte, und wie es zwischen ihr und ihm stand. Er fragte sich, warum und weshalb die Liebe zwischen ihnen zu zerbrechen drohte.

Vor allem quälte es ihn, daß sie nicht offen mit ihm gesprochen hatte, sondern statt dessen heimlich mit anderen ausging. Es verwirrte ihn daher noch mehr, daß sie ihn trotzdem leidenschaftlich geküßt hatte und ihn wissen ließ, daß sie seine Liebe brauchte. Ihm war das alles rätselhaft, und es wäre ihm lieber gewesen zu wissen, wo er steht.

Die Musiksendung war zu Ende, und es hatte sich wieder ein lebhaftes Gespräch entwickelt. Auch Stefan beteiligte sich daran, so gut es ging. Er fühlte aber, wie ihn seine Tante die ganze Zeit über aufmerksam betrachtete. Sie hat gemerkt, wie es um mich und Anna steht, sagte sich Stefan. Nein, sie weiß es genau, dachte er immer wieder. Vielleicht würde sie ihm die Schuld geben, aber er selbst glaubte ja auch nicht an seine eigenen Vorwürfe, und Tante Luise kannte ihn sehr gut. Stefan hätte sich noch lange mit diesen Gedanken beschäftigen können, um herauszufinden, was seine Tante in diesem Moment von ihm dachte.

Aus dem laufenden Fernseher drangen die Spätnachrichten. Der feiernde Kreis würde dem nicht viel Aufmerksamkeit geschenkt haben, wenn die Ereignisse nicht von der Großstadt handelten, wo ihr jüngstes Familienmitglied zur Polizeischule ging. Die Bilder, die man sehen konnte, zeigten nicht die riesigen Wolkenkratzer und auch nicht die Zeil mit all ihren Schönheiten. Statt dessen sah man unzählige vermummte Menschen, die sich im Wald mit der Polizei eine gnadenlose Schlacht lieferten. „Ach nein, um Himmels willen“, erklang es lautstark in Luises Wohnung, „sind die denn alle wahnsinnig geworden?“ Nur Stefans Stimme war im Moment nicht zu hören, denn er konzentrierte sich ganz auf den Bildschirm, um festzustellen, ob einer der kämpfenden Beamten ein Schulkollege von ihm wäre. Im Fernsehen konnte man sehen, wie einer der vermummten Demonstranten die Polizisten mit Stahlkugeln beschoß. Stefan verlor in diesem Augenblick die Nerven und schrie: „Verdammte Scheiße. Nicht schon wieder!“ Die Anwesenden schauten ihn erschrocken und sprachlos an. Er merkte, welche Wirkung seine lauten Worte gehabt hatten, und sagte, ohne zu zögern: „Ach, entschuldigt bitte,

daß ich so reagiert habe auf das, was vorhin zu sehen war, aber ich kann mich furchtbar aufregen, wenn ich sehe, wie manche Leute für die Naturerhaltung demonstrieren und gleichzeitig dabei andere Menschen lebensgefährlich verletzen." Er wollte noch einiges sagen, aber er wurde von seiner Tante unterbrochen, die aufstand und zum Fernseher ging. Sie sprach so laut und deutlich, daß jeder sie gut hören konnte. „Ach was, Stefan. Du bist doch nicht hergekommen, um dich aufzuregen, sondern willst dich wie immer bei deiner Tante entspannen, die Ruhe genießen und dich mit uns freuen." Während sie sprach, schaltete sie das Gerät ab. „Diese blöde Glotze wird uns jetzt nicht mehr die Feier verderben."
Es war spät in der Nacht, als Stefan und seine Eltern sich von Tante Luise verabschiedeten. Todmüde legte sich Stefan kurz darauf ins Bett.

Der neue Tag war sonnig, und es war keine einzige Wolke am Himmel zu sehen. Nur, wenn man hinausgehen würde, könnte man sofort die Herbstkälte spüren. Stefan haßte die Kälte schon seit frühester Kindheit. Das wußte auch seine Mutter, die deswegen sein Schlafzimmer heizte. Als er die Augen öffnete, wußte er nicht sofort, wie spät es war, da die Jalousien noch herabgelassen waren. Er schätzte aber, daß es sehr spät war, da er sich nach langer Zeit das erste Mal richtig ausgeschlafen fühlte. Er merkte, wie sehr ihm die vertraute Umgebung während seiner Abwesenheit gefehlt hatte. Während er noch im Bett lag, versuchte er sich an die Zeit zu erinnern, als er als fröhlicher Junge dort aus- und einging. Seine Gedanken wanderten automatisch zu den umliegenden Wäldern mit ihren zahlreichen Lichtungen. Stefan erschrak ein wenig, denn er sah sich in Gedanken mit Anna zusammen auf einer dieser unbeschreiblich schönen Lichtungen. Er schüttelte leicht den Kopf, als wollte er die Vergangenheit abschütteln. Aber wie sehr er es auch versuchte, es gelang ihm nicht, die Bilder zu verdrängen. Kurz darauf sprang er aus dem Bett und begann, nervös hin- und herzulaufen. Dabei überlegte er, ob er den Sonntag, den er ebenfalls von Schulze freibekommen hatte, mit seinen Eltern verbringen sollte, oder ob er nach Frankfurt fahren sollte, um ein letztes Mal den Versuch zu unternehmen, mit Anna zu reden. Die Nacht schien den Tag ablösen zu wollen, denn nur noch eine schwache rote Sonne wehrte sich dagegen.

Stefan hatte das Frankfurter Kreuz bereits hinter sich gelassen und fuhr jetzt Richtung Osten der Stadt. Seinen Augen bot sich ein Anblick mit zahlreichen Wolkenkratzern, die er immer mit großer Bewunderung angeschaut hatte, aber diesmal empfand er es nicht so. Statt dessen schienen sie ihm wie die Zähne eines Riesen zu sein, die alles und jeden zermalmen möchten. Eine halbe Stunde später stellte Stefan sein Motorrad vor Annas Wohnung ab. Mit schnellen Schritten betrat er das Treppenhaus und versuchte dabei fieberhaft, die eigenen Gedanken zu ordnen. Er hatte sich vorgenommen, mit Anna Klartext zu reden, um nicht unnötige Zeit zu verlieren. Als er vor ihrer Wohnungstür stand, bemerkte er, daß er die Schlüssel in Meinort vergessen hatte. Mit zitternden Händen drückte er auf den Klingelknopf und gleich noch einmal. Er nahm sich vor zu warten, aber er konnte es nicht und klingelte wieder. Dabei stand ihm der Schweiß auf der Stirn.
Stefan hatte alle Worte vergessen, die er sagen wollte, und bewegte sich nervös herum. Dabei gelangte sein Finger wieder auf die Klingel, und seine Blicke klebten förmlich an der Haustür, weil er endlich das geliebte Mädchen sehen wollte. Es kam ihm schon wie eine Ewigkeit vor, seit er vor ihrer Tür stand. Er dachte, daß Anna vielleicht wieder mit ihren Bekannten fort wäre und sich amüsierte und womöglich noch mehr als das. Sein Herz schlug bis in die Fingerspitzen, als er jetzt Annas rundes weißes Gesicht erblickte, als die Tür sich langsam öffnete. Er sah sofort, daß sich an diesem wunderschönen Kopf ein Verband befand. Anna hatte sich weh getan. Womöglich ein Schlag von dem Kerl, dem er eine verpaßt hatte. Diese Gedanken gingen ihm durch den Kopf, als er vor der offenen Tür stand

und sie sprachlos anschaute.

Annas Augen glänzten von den Tränen, die sie nicht vor ihm verbergen konnte. Dennoch schenkte sie ihm ein warmherziges Lächeln, das von Schmerzen gekennzeichnet war. „Mein Gott, Anna, was ist passiert?" fragte Stefan verwirrt. „Beruhige dich, Stefan", antwortete sie, „du weißt doch, daß mir nichts passieren kann." Gleichzeitig nahm sie seine Hand und zog ihn in die Wohnung. Anna ließ ihn in das Wohnzimmer vorgehen, damit er nicht sehen sollte, welche Schmerzen ihr das Gehen bereitete. Ganz aufgeregt betrat er das Wohnzimmer, und die Aufregung wurde noch größer, als er sah, daß auf dem Wohnzimmertisch einige blutgetränkte Verbände lagen. „Mein Gott", schrie er laut, drehte sich schnell zu ihr um und sah, daß sie sich mit beiden Händen an der Flurwand abstützte, um ihm nachzukommen.

Mit einem Satz war er bei ihr, hob sie auf und trug sie zur Wohnzimmercouch. Anna begann zu weinen, und die Tränen, die sie bisher zurückgehalten hatten, liefen über ihr zartes Gesicht. Stefan wischte ihr die Tränen mit seinen Händen ab und sagte: „Bitte beruhige dich, Anna. Sag mir endlich, was passiert ist." Er versuchte sie noch einige Male zu beruhigen, aber es war vergebens. Schließlich begriff er, daß ihre Schmerzen unerträglich waren, und sagte, daß er ans Telefon gehen würde, um einen Notarzt zu rufen. Er hatte noch nicht das Wohnzimmer verlassen, als er Annas schreiende Stimme hörte: „Stefan, laß es sein. Ich fühle mich nicht schlecht."

Stefan blieb stehen und glaubte, nicht richtig gehört zu haben, aber er mußte nicht lange warten, bis sie ihn erneut zu sich rief. Er ging schnell zurück und fragte ganz verwirrt, warum er keinen Arzt rufen sollte, denn ihr Zustand wäre doch bedenklich. Anna versuchte, ein Lächeln zustande zu bringen, bevor sie ihm eine passende Antwort gab. Nur verwandelte sich das Lächeln in ein Backenzittern. Sie hörte nicht auf, Stefan zu überreden, keinen Arzt zu holen. „Gut", sagte er, nachdem er ihr versprochen hatte, das Telefon im Flur nicht anzurühren, „ich hole keinen Arzt, Anna, aber ich fahre auf der Stelle zu einer

Apotheke und besorge das nötige Verbandszeug." Er sprang auf, und ohne auf sie zu hören, verließ er die Wohnung. Eine halbe Stunde später kam er mit einer vollgestopften Plastiktüte zurück. Er gab Anna gleich ein Aspirin. „Komm, jetzt nimm diese Tablette", sagte er, „und du wirst sehen, daß es dir gleich besser gehen wird." Anna zögerte nicht lange und nahm die Tablette sofort ein. Gleich darauf kümmerte Stefan sich um Annas Kopfverletzung. Zuerst tastete er das Verbandspflaster ab, um festzustellen, wo er es am besten abreißen konnte, um die Wunde zu spülen und neu zu verbinden. In diesem Moment nahm Anna seine Hand vom Kopf weg und bat ihn mit leicht zitternder Stimme, das sein zu lassen. „Aber Anna", entgegnete Stefan energisch, „du darfst nicht von mir verlangen, den blutigen Verband nicht zu wechseln. Außerdem hast du ein falsches Pflaster genommen zum Befestigen."
Nach diesen Worten nahm er das große Pflaster an einer Ecke und entfernte es ruckartig. Anna stieß einen Schmerzensschrei aus. Stefan wollte ihr in diesem Moment eigentlich etwas Nettes sagen, aber er brachte kein Wort über die Lippen, als er die Kopfwunde sah. Es war eine etwa zwei Zentimeter breite Wunde, die sich von der Stirn bis in die Haare hineinzog. Sie war dunkelblau und schwarz verfärbt, und an einigen Stellen war die Haut aufgeplatzt. „Mein Gott", sagte Stefan, als er sich das genau ansah. Seine Hand glitt dabei über ihr Gesicht und streichelte es sanft. Kurz darauf nahm er aus der Tüte die Jodflasche und säuberte die Wunde. Danach legte er einen neuen Verband an. Während der ganzen Zeit fragte er nicht, woher diese Verletzung stammte. Er ließ Anna auf der Couch liegen und räumte den Tisch auf.
Einige Zeit später saß er auf dem Fußboden und streichelte zärtlich ihre ausgestreckte Hand. Er traute sich nicht, ihr Fragen zu stellen, denn es war wichtiger, daß er jetzt nur bei ihr war. Die Nacht verbrachten sie im Wohnzimmer.
Anna erwachte früh am Sonntag morgen und merkte, daß sie auf der Couch geschlafen hatte. Sie erschrak, als sie Stefan unbedeckt auf dem Fußboden schlafen sah. Stefan merkte, wie ihn jemand an der rechten Schulter rüttelte,

und wie durch einen Nebel hörte er, daß sein Name gerufen wurde. Er spürte jetzt, wie kalt ihm eigentlich war, als er allmählich wach wurde. Sämtliche Knochen taten ihm weh vom harten Fußboden. Er öffnete die Augen und schaute nach oben, von wo die Stimme kam. Jetzt sah er Anna, die mit ihren Fingern durch das ungekämmte Haar fuhr und immer wieder seinen Namen aussprach.

„Hallo Anna, fühlst du dich wohl?" waren die ersten Worte, die er an sie richtete. „Verzeih mir, daß ich hier auf deinem Teppich die Nacht verbracht habe." Diese letzten Worte wollte er ihr noch sagen, aber er brachte keinen Ton mehr über die ausgetrockneten Lippen. Statt dessen stützte er sich auf den Händen ab und stand von dem kalten Fußboden auf. Dabei vermied er, Anna anzuschauen, denn er wollte ihr nicht sein ungewaschenes Gesicht zeigen.

Eine knappe Viertelstunde später kam er frisch geduscht aus dem Bad und betrat das Wohnzimmer. „Guten Morgen, fühlst du dich jetzt wohler?" kam es ihm entgegen. Anna saß auf der Couch. Die Decke, die er letzte Nacht aus dem Schlafzimmer herübergeschleppt hatte, war weggeräumt, und auf dem Tisch stand ein heißes Frühstück für sie beide. Stefans Augen wanderten von der Kaffeekanne hinüber zu den Brötchen, aus denen ein leichter Dampf aufstieg. Er schaute dann Annas rundes, weißes Gesicht an und bemerkte, wie ein Lächeln über ihr Gesicht flog. Das Frühstück und Annas lächelndes Gesicht erinnerten ihn an die nicht allzulange zurückliegende Zeit. Aber er bekam plötzlich Angst, ihr gegenüber offen zu sein, denn er befürchtete, daß das den jetzigen Frieden zwischen ihnen stören könnte. Aus diesem Grund setzte er sich schweigend in den Sessel und betrachtete Anna. „Hast du noch Schmerzen?" wollte er wissen.

„Ach schon, aber mein Kopf tut wesentlich weniger weh", sagte sie. „Na, das ist doch etwas", entgegnete er. „Aber du mußt mir erlauben, die Wunde noch einmal frisch zu verbinden." Anna öffnete ihren Mund und lachte so fröhlich, wie er es seit langer Zeit nicht mehr gesehen hatte. „Gut, Stefan. Ich werde es dir erlauben. Aber du mußt alles aufessen, was auf dem Tisch steht."

„Danke, Anna. Aber das war nicht nötig. Ich glaube nicht, daß ich etwas herunterbekomme“, sagte Stefan.

„Erzähl jetzt nicht solche Dummheiten und fang endlich an zu essen, wenn du noch vorhast, dich um meine Verletzung zu kümmern.“

„Gut, du hast mich überredet“, sagte Stefan lachend. „Aber du mußt zugeben, daß dies nach einer kleiner Erpressung aussieht.“ Er begann zu frühstücken, und Anna begab sich in das Badezimmer.

Einige Zeit später war der Verband von Annas Kopf entfernt, und Stefan überzeugte sich, daß die Sache sich äußerlich zum Guten gewendet hatte. Er streichelte mit der linken Hand Annas Stirn und betrachtete etwas genauer die Schwellung. Jetzt ist der Moment, wo ich sie fragen könnte, wie das passiert ist, dachte Stefan. Anna hingegen hatte anscheinend gefühlt, was auf sie zukommen würde, denn sie versuchte, ihn von der Wunde abzulenken. Ihre rechte Hand klammerte sich zart an seine linke Hand, die sich an ihrer Stirn befand, und gemeinsam wanderten sie jetzt zu ihrer rechten Gesichtshälfte. Stefan verfolgte das mit seinen Blicken. Er schaute in ihre feuchten grünen Augen, und im gleichen Augenblick durchströmte ihn das lange vermißte, unbeschreiblich warme Gefühl, das sein Herz schneller schlagen ließ. In diesem Moment versuchte er, seine Gedanken in Schach zu halten, aber es war vergebens, denn was nun über ihn herfiel, war stärker als jede Vernunft.

Augenblicklich erlosch seine Angst Anna gegenüber, und er ging entschlossen auf sie zu. Seine Finger glitten über ihre Wangen und kreisten nun um ihre Lippen. Ihre Blicke trafen sich und das Blut schoß ihnen ins Gesicht.

Die Nacht war bereits angebrochen, als er Annas Wohnung verließ, um noch rechtzeitig ins Ausbildungszentrum zu kommen.

Der neue Tag lag noch in Dunkelheit, als durch den Flur der Schlafunterkünfte eine laute Stimme zum Aufstehen rief. Wenige Minuten später war in dem Flur ein lebhafter

Betrieb ausgebrochen. Die meisten jungen Menschen, die noch ein paar Stunden hätten schlafen können, hielten jetzt in ihren Händen Handtücher und das sonstige, was man für die morgendliche Hygiene benötigte. Stefan war auch mit dabei und versuchte, so schnell wie möglich die Zähne zu putzen, sich zu rasieren und das Gesicht zu waschen, um dann noch rechtzeitig zum Frühsport auf den Appellplatz zu kommen. Es dauerte, wie üblich, eine halbe Stunde.

Schulze war auch dieses Mal hart zu ihnen und verlangte, daß sie ihre letzten Kräfte einsetzten. Stefan spürte es deutlich, denn sein durchgeschwitzter Körper begann zu zittern. „Na los, legt noch einen Zahn drauf", schrie Schulze. „Um eure Wochenendlast abzuwerfen", setzte er hinzu. Dabei waren es nur wenige, die über das Wochenende nach Hause fahren durften. Der größte Teil blieb in der Schule, da sie keine Zeit zum Ausspannen hatten. Wie Stefan später von einem Zimmergenossen erfuhr, mußten sie zu einem Einsatz in die umliegenden Wälder des Flughafens fahren, um die Demonstranten zu vertreiben. Stefan ließ sich noch mehr über den Einsatz von Thomas und Günter erzählen und mußte feststellen, daß es im Wald zu einem brutalen Zusammenstoß gekommen war. Jeder, der unverletzt davongekommen war, konnte sehr froh sein. Stefan freute sich sehr, daß seine Zimmergenossen nichts abbekommen hatten.

Der Theorieunterricht sollte gleich nach dem Frühstück beginnen. Die Schulteilnehmer hatten ihre Lehrbücher und -hefte auf die Schulbänke gelegt und warteten auf den Unterricht. Wenige Minuten später wurde ihnen mitgeteilt, daß der Unterricht erneut ausfallen würde und statt dessen ein Auftrag auf sie warten würde. Stefan schien es, als würde sich ein Tag wiederholen, der noch nicht lange zurücklag. Kurz nach der Bekanntmachung befand er sich mit seinen Kameraden im Einsatzfahrzeug, und alle hielten die langen Schlagstöcke in ihren Händen. Stefan versuchte, jetzt nicht daran zu denken, was vor ihm lag, sondern wollte sich an den gestrigen Tag erinnern.

Er konnte sich genau Annas Gesichtsausdruck vorstellen,

als seine Finger über ihr Gesicht glitten. Stefan fühlte es wie eine erste Lippenberührung. Es war ein Gefühl, als hätten sich glühende Schnäbel zusammengetan, um gemeinsam zu verschmelzen. Es war sehr aufregend gewesen, als ihre Hände nacheinander griffen, um den Körper von der Kleidung zu befreien. Aber das Wort befreien war noch zart ausgedrückt, denn sie hatten sich die Sachen fast vom Leibe gerissen. Stefan war in dem Moment fassungslos gewesen, als er Anna nackt vor sich liegen sah, denn er war darauf eingestellt gewesen, das nie mehr zu erleben. Als ihr weißer Körper vor ihm lag und er ihre ganze Schönheit sehen konnte, war ihm der vorherige Gedanke in tiefe Vergessenheit geraten. Stefan massierte Annas nackten Körper sanft und küßte sie überall. Seine Hände massierten zart ihre Brüste, die jetzt hart geworden waren und durch jede weitere Berührung zu platzen schienen. Seine Zunge glitt über ihre Hüften zu den intimsten Stellen und liebkosten sie. Anna begann schneller zu atmen und leise Lustschreie auszustoßen. Dabei begann sie Stefans Intimbereich zu streicheln und ihn zu sich zu führen. Es war ein unbeschreibliches, schönes Gefühl, gefolgt von Lustschreien, als Stefan in Anna eindrang und immer tiefer hineinstieß. Anna fühlte sich sehr glücklich dabei, so daß ihr vor Freude ein paar Tränen über das Gesicht liefen.

„He, Mann. Wohl eingeschlafen, was?" Stefan machte die Augen auf und sah Thomas neben sich stehen in dem vollen Mannschaftsbus, der jetzt stehenblieb. Stefan sagte nichts zu seinem Kameraden, der ihn aus dem süßen Traum gerissen hatte, sondern drehte seinen Kopf langsam nach links zum Wagenfenster. Die Einsatzfahrzeuge befanden sich mitten in einer Arbeitersiedlung, die im Wald aufgebaut war. Stefan sagte das nicht viel, aber er stellte fest, daß über die Siedlung ständig Passagierflugzeuge in geringer Höhe hinwegdonnerten. Für ihn bestand kein Zweifel, daß sie sich in der Nähe des Flughafens befanden.

Bald nachdem er von seinem Zimmergenossen geweckt worden war, mußte Stefan mit den anderen das Fahrzeug verlassen und sich in zwei Reihen mit aufstellen. Schulze, der bereits ungeduldig auf seine Schützlinge wartete, hat-

te nicht vor, viel Zeit zu verlieren, und sagte gleich darauf: „Männer, ich möchte euch nicht lange erklären, wo wir hier sind, denn die meisten von euch hatten bereits einmal das Vergnügen, sich hier am letzten Freitag mit den Flughafengegnern auseinanderzusetzen. Daher wißt ihr auch, wie ernst die Lage ist. Denn diejenigen, die hier waren und mit leichten Verletzungen davongekommen sind, können wirklich froh sein. Ich sage das ganz bewußt, damit ihr endlich begreift, daß der heutige Auftrag mindestens genauso ernst ist, wenn nicht mehr. Und worum es geht, werde ich euch jetzt erklären."
Nach diesem Satz machte er einen Augenblick Pause. Schulze wollte gerade mit seiner Bekanntmachung beginnen, als eine Verkehrsmaschine über ihre Köpfe hinwegdonnerte. Der Düsenlärm war so stark, daß sich alle Anwesenden der Siedlung die Ohren zuhielten. „Wir haben den Auftrag, die Forstarbeiter bei der Ausführung ihrer Tätigkeit zu beschützen", sagte Schulze eine Minute später. Er erläuterte noch einiges, bevor er den Marschbefehl erteilte. Dabei schaute er des öfteren zum Himmel, wobei ihm die Lippen leicht zitterten.
Die Kolonne der Arbeiter und der Polizisten verließ schweigend die Siedlung. Stefan befand sich ungefähr in der Mitte der Kolonne, die nach einer Viertelstunde Marschweg zum Halten kam. Aus den vordersten Reihen drang lautes Lachen nach hinten. Zuerst wußte Stefan nicht, worum es ging, aber als er nach vorne aufgerückt war, bot sich seinen Augen ein bisher nicht gesehenes Bild. Das Waldstück, welches sie betraten, war voll von demonstrierenden Menschen. Das war nichts Neues für sie. Das Merkwürdige an der Sache war jedoch, daß die Demonstranten hoch in den Bäumen saßen. Schulze reagierte wie immer in solchen Fällen energisch und vor allem deutlich hörbar. Er nahm sein Megaphon in die Hand und ging mehrere Meter in den Wald hinein.
„Achtung, Achtung. Hier spricht die Polizei", waren die ersten Worte, die aus dem Megaphon ertönten. „Wir fordern Sie hiermit auf, das Baugelände sofort zu verlassen." Schulzes weitere Worte wurden von einem herannahen-

den Flugzeug verschluckt. Der Lärm drängte sich in jedermanns Ohren. Das Lachen erlosch in der Kolonne, und jeder hielt sich mit beiden Händen die Ohren zu. Stefan schaute zu den Menschen auf den Bäumen. Es war zu laut, um ihre Worte zu verstehen, dennoch konnte Stefan sich gut vorstellen, welchem unerträglichen Lärm sie ausgesetzt waren. So schnell, wie die Maschine angekommen war, verschwand sie auch. Es dauerte einige Minuten, bis Schulze zum Megaphon griff, aber kaum hatte er einige Worte hineingesprochen, donnerte erneut ein Stahlvogel am Himmel.

Dem Gruppenführer reichte es nun, er warf vor Wut das Megaphon auf den Boden. Gleich darauf kehrte er zur Kolonne zurück und holte einen Waldarbeiter mit einer Motorsäge. Schulze kehrte mit dem Arbeiter in den Wald zurück und hob unterwegs sein Megaphon auf. Wieder donnerte ein Riesenjet über sie hinweg. Schulze nahm entschlossen sein Megaphon und brüllte mit lauter Stimme hinein. Jedem war klar, daß die Demonstranten seine Worte nicht hören konnten. Das Donnern der Düsenmaschine erlosch, und etwa zur gleichen Zeit beendete Schulze seine Rede. Danach befahl er dem Arbeiter, die Motorsäge anzuwerfen.

Stefan sah das und erschrak wie viele seiner Kameraden. Schulze wird den Menschen nur Angst machen wollen, redete er sich ein. Dabei schaute er nach oben. Auf dem Baum, unter dem jetzt der Arbeiter mit der Säge stand, saßen zwei Menschen, deren Gesichter er genau sehen konnte. Er stellte fest, daß alle, die er sehen konnte, nicht vermummt waren. Es war das erste Mal, daß er einem Demonstranten ins Gesicht sehen konnte. Vor den unmaskierten Menschen hatte er plötzlich keine Angst mehr, und er fürchtete sich auch nicht vor den Stahlkugeln. Schulze ließ den Arbeiter stehen und kam auf die Kolonne zu. Kurz darauf mußten sie sich auf ein großes Waldstück verteilen. Drei von ihnen forderte er auf, mit ihm zu gehen. Wenige Minuten später stand Stefan neben dem Waldarbeiter, der in seinen Händen die laufende Motorsäge hielt. Er schaute zum Baum hinauf.

In diesem Moment setzte fast sein Atem aus, als er direkt in die Augen derjenigen schaute, die da oben saßen. Stefan wollte ihnen am liebsten zurufen: Habt keine Angst. Es ist nur ein dummer Scherz von unserem Sportleiter. Er hat nun mal eine Schwäche für schwarzen Humor. Aber er wußte, wenn er das täte, wäre seine Zukunft als Kriminalinspektor zu Ende. Schweigend blickte er weiter nach oben und hoffte auf ein Zeichen, das ihm sagen würde, daß sie bereit wären, von dem Baum herunterzukommen. Schulze hingegen gab die Anweisung, mit dem Fällen des Baumes zu beginnen. Der Arbeiter, der die Säge in der Hand hielt, sah selbst etwas verwirrt aus. Nun schaute er sich um und suchte die Fallrichtung aus, um sich gleich darauf wieder dem Baum zu nähern. Bevor er die Stahlketten in den Baum einrasten ließ, schaute er noch einmal zu den Menschen hinauf, als wollte er selbst sagen: Kommt herunter, bevor es zu spät ist.

Der Mann hätte wahrscheinlich noch weiter hinaufgeblickt, wenn Schulze ihn nicht mit eindringlicher Stimme aufgefordert hätte, mit seiner Arbeit zu beginnen. Schweigend hob er die Maschine in Kniehöhe und drückte mit der rechten Hand auf den Gasknopf. Stefan schaute kurz auf die Sägeketten und dann auf den Mann, der sie hielt. Seine Blicke wanderten weiter zu den beiden bärtigen Männern, die auf dem Baum saßen. Ihre Gesichter waren jetzt von Angst erfüllt, und ihre Blicke wanderten zu ihren Freunden auf den umliegenden Bäumen, als wollten sie um Hilfe bitten. Die ersten Stahlzähne fraßen sich in den Baum hinein. Zur gleichen Zeit ertönten Stimmen von den umliegenden Bäumen.

Die Demonstranten beschimpften jetzt die Polizei und die Naturvernichter. Stefan sah entsetzt zu, wie sich die Zähne immer weiter in den Baum hineinfraßen. In Gedanken sah er sich zu dem Holzfäller hingehen und ihn zwingen, die Säge abzustellen. Danach würde er Schulze eine Tracht Prügel verabreichen, weil er in diesem Moment mit zwei Menschenleben spielte. Stefan blickte wieder hinauf und wollte ihnen am liebsten zubrüllen, daß sie keine Zeit zu verlieren hätten und dies kein Ort für Heldentaten wäre.

70

Der Baum begann sich langsam zur Seite zu neigen und die Demonstranten mit ihm. Na los, schneller, dachte Stefan, der jetzt ungeduldig zur Säge und hinauf schaute. Kurz vor dem Aufprall des Baumes erhoben sich die beiden Demonstranten in eineinhalb Meter Höhe und sprangen hinunter.

„Festnehmen und überführen", befahl Schulze. Stefan eilte sofort zu einem von ihnen, der sich noch liegend am Boden befand. Einen Schritt entfernt von ihnen blieb er stehen und schaute sie genauer an. Das Gesicht des einen Demonstranten sah kreideweiß und verschwitzt aus. Sein Atem ging schnell und heftig. Der am Boden Liegende sah Stefan mit weit aufgerissenen Augen an, und als Stefan ihn unter dem Arm ergriff, leistete er keinen Widerstand. Langsam zog Stefan ihn vom Boden hoch. Dabei bemerkte er, wie der Demonstrant am ganzen Körper zitterte. „Bringt sie zur Personalüberprüfung", schrie Schulze. Stefan führte den Befehl aus, obwohl er dachte, daß diese Menschen zuerst eine ärztliche Untersuchung benötigten. Die Flugzeuge donnerten immer noch alle paar Minuten über sie hinweg. Durch diesen Lärm aber hörte man die Bäume herunterkrachen. Stefan und seine Kameraden waren damit beschäftigt, die buchstäblich heruntergefallenen Menschen vom zukünftigen Baugelände zu entfernen und anschließend ihre Personalien zu überprüfen. Es war bereits spät am Nachmittag, als die Sägen schwiegen. Hinter ihnen befand sich ein riesiges Feld mit gefällten Bäumen. Bevor Stefan das Gelände verließ, schaute er mit Entsetzen auf diese Bäume. Seinen Augen bot sich ein schreckliches Bild, das ihn an Dokumentarfilme über die Weltkriege erinnerte. Einige Stunden später zog Stefan die Uniform aus und machte sich kurz darauf mit seinem dunkelblauen Motorrad auf den Weg.

Eigentlich hatte er sich vorgenommen, zu Anna zu fahren, aber irgend etwas in ihm lenkte ihn in ein nahe der Schule gelegenes Wirtshaus, wo er sich längere Zeit aufhielt. Es war kurz vor zwanzig Uhr, und Anna hatte sich bereits auf das Schlafengehen vorbereitet, als Stefan an der Wohnungstür klopfte. Anna öffnete die Tür und stand in ihrem rosafarbenen Pyjama vor ihm. Sie sah ihn etwas erstaunt an, denn sie bemerkte sofort, daß er stark nach Alkohol roch. Im ersten Moment wirkte sie sehr verwirrt, denn sie hatte ihn noch nie betrunken gesehen. Sie stellte aber fest, daß er in diesem Zustand sehr komisch wirkte, daher lachte sie leise. Stefan hingegen, dem sich alles im Kopf drehte, blieb mit seinen Blicken an ihrem Pyjama kleben. Dabei versuchte er sich in Gedanken ihren nackten Körper vorzustellen. Diese Gedanken befielen ihn so stark, daß er mit beiden Händen nach ihren Brüsten griff. Dabei fühlte er, wie ihre Körperwärme ihm entgegenstrahlte. Es wäre bestimmt jetzt angenehm, mit diesem warmen, ja beinahe glühenden Körper im Bett zu liegen und sich leidenschaftlich zu lieben. Aber vorher wollte er Anna unbedingt die Ereignisse des Tages erzählen. Über die Menschen, die auf den Bäumen gesessen hatten und später am Boden lagen. Wie erschreckt er darüber gewesen war und daß er sich am liebsten dafür entschuldigt hätte. Aber er kam nicht mehr zum Erzählen. Seine Hände waren inzwischen heruntergefallen, und der Alkohol, den er in großen Mengen zu sich genommen hatte, zeigte jetzt seine volle Wirkung. Stefan spürte eine große Übelkeit und mußte sich übergeben. Anna, die bereits damit gerechnet hatte, führte ihn schnell zur Toilette, wo alles aus ihm herauskam. Mit zitternden Händen hielt er sich an der Kloschüssel fest. Ein leichtes Fieber schüttelte seinen Körper und Schweiß brach aus. Stefan versuchte, Anna etwas zu sagen, aber es kamen nur unvollständige Sätze heraus.

Einige Zeit später schleppte Anna ihn mühsam ins Wohnzimmer und legte ihn dort auf die Couch, wo er kurz darauf einschlief. Anna holte eine Decke aus dem Schlafzimmer und deckte ihn zu. Sie selbst blieb wach, denn sie wußte, daß er sich um Mitternacht in der Schule melden mußte. Stefan indessen schlief fest, aber unruhig. Er warf sich hin und her und sagte unverständliche Worte. Es war bereits dreiundzwanzig Uhr vorbei, als Stefan von Anna geweckt wurde. Es dauerte einige Zeit, bis er wach war. Er schaute sich wortlos um, denn er begriff im ersten Moment nicht, wie er auf die Couch gekommen war. Das einzige, was er

jetzt spürte, war das Fieber, das ihm sehr zu schaffen
machte. Stefan drehte sein Gesicht zu Anna, die ihn mit
fragenden Blicken anschaute. Nach einer kurzen Zeit öffnete er den ausgetrockneten Mund und sagte: „Entschuldige bitte, Anna. Das habe ich nicht gewollt." Anna antwortete nicht, sondern schaute ihn weiter forschend an, bevor
sie ihn fragte, ob es ihm jetzt leichter wäre. Stefan konnte
einfach nicht antworten. Statt dessen wanderte sein Blick
über Annas Gesicht. Dabei stellte er fest, daß ihre Kopfwunde kaum noch zu sehen war. Er lachte leise und fröhlich, als er sah, daß keine Narbe zurückbleiben würde. Er
hob seine Hand und fuhr sanft über die Stelle, wo vorher
noch ein Verband war.
„Willst du mir wenigstens jetzt erzählen, wie du dich verletzt hast?" fragte Stefan mit seiner ausgetrockneten Keh-
le. Annas Gesicht, das bis zu diesem Moment einen kind-
haften Charme ausstrahlte, versteinerte, und gleichzeitig
sah ihr Blick verwirrt aus. „Das spielt doch jetzt keine Rolle
mehr", antwortete sie. „Du solltest lieber eine Erfrischungs-
dusche nehmen und ins Ausbildungszentrum zurückfah-
ren." Anna stand auf, um das Bad vorzubereiten und ihn
hineinzubefördern.
Es war zehn Minuten vor Mitternacht, als Stefan die
Ausbildungsstätte betrat. Sein Kopf schmerzte immer noch,
und er verfluchte das erste Glas Bier, das er zu sich genommen hatte und schwor sich, nie mehr Alkohol anzurühren.
Aber als er nun das Gebäude betrat, konnte er nicht mehr
darüber nachdenken, denn er sah seine Kameraden lebhaft in Uniform hin und her laufen. Trotz des gewohnten
Anblicks blieb er eine Weile verwirrt stehen, bis schließlich
Martin, sein Zimmergenosse, zu ihm kam und ihm auf die
Schulter klopfte. Er forderte ihn sogleich auf, ebenfalls in
seine Uniform zu schlüpfen. Einige Zeit später befand er
sich bereits im Einsatzfahrzeug. Der schwarze Schlagstock und der Schutzschild lagen neben ihm. Stefan versuchte zu erfassen, was jetzt vor sich ging. Schulze hatte
ihnen mitgeteilt, daß es sich um einen Routineeinsatz
handeln würde und es wahrscheinlich nicht zu Zusammen-

stößen kommen würde. Ihnen war auch gesagt worden, daß die Chaoten es wohl auf den Flughafen abgesehen hatten. Bei diesem Gedanken überzog sein Gesicht ein kaltes Lächeln. Bisher hatten die Demonstranten, die angeblich für die Erhaltung der Wälder und der Natur kämpften, den Eindruck erweckt, daß es ihnen auch nur darum ging, soviel wie möglich von den Gebäuden zu zerstören.

Stefan versuchte sich vorzustellen, wie es wäre, wenn man alle Flughäfen schließen würde und auf den Pisten Bäume wachsen lassen würde. Das wäre für die Naturfreunde bestimmt ein Anlaß zur Freude. Aber wie lange würden diese Freuden anhalten? Das war für ihn sehr fraglich, denn es wäre zu erwarten, daß die Arbeitslosigkeit steigen würde, und nicht nur das.

Stefan hätte sich gern weiter mit diesem Thema beschäftigt, aber eine große Müdigkeit überfiel ihn plötzlich, und er sank in einen tiefen Schlaf. Die herbstlichen Sonnenstrahlen drangen durch das Fenster hinein, als er seine Augen wieder mühsam öffnete. Seine erste Feststellung war, daß es furchtbar kalt war im Auto. Langsam preßte er Hände und Füße zusammen in der Hoffnung, daß ihm etwas wärmer werden würde. Er fühlte jetzt intensiv seine Kopfschmerzen und schob es auf den genossenen Alkohol. Er schaute aus dem Fenster auf die Straße, wo ein lebhafter Verkehr herrschte. Stefan erkannte sofort die Terrasse des ersten Stockwerkes des Hauptgebäudes. Er sah, wie die Menschen ihre Koffer aus den abgestellten Fahrzeugen nahmen und im Terminal verschwanden und andere herauskamen. Stefan betrachtete weiterhin die Reisenden und stellte fest, daß die meisten recht fröhlich aussahen. Bei dieser Feststellung erinnerte er sich an die Zeit, als er selbst einmal fröhlich am Flughafen stand, um Anna nach ihrer Urlaubsreise abzuholen. Das lag schon so weit zurück.

Dieses Mal aber steckte er in einer Uniform und hatte einen Schlagstock neben sich. Stefan betrachtete seine Kameraden, die halb schlafend im kalten Bus saßen. Die Gefahr schien für diesen Tag vorüber zu sein, denn die Demonstrationen fingen meistens am späten Nachmittag oder am Abend an, aber nie am frühen Morgen. Stefan behielt recht mit seiner Vermutung, denn eine Stunde später setzte sich die Kolonne in Bewegung und fuhr ins Ausbildungszentrum zurück, wo an die müden Männer Frühstück ausgegeben wurde. Schulze teilte ihnen danach mit, daß sie den Rest des Tages zum Ausruhen hätten und bis auf weiteres kein Ausgang genehmigt würde. Er sagte es sehr deutlich und warnte diejenigen, die die Absicht hätten, sich nicht daran zu halten, denn dann müßten sie mit dem Schlimmsten rechnen. Es hörte sich wie eine Drohung an. Schulze gab seinen Männern die Erlaubnis, in die Schlafräume zu gehen. Stefan nahm erst eine Dusche, bevor er ins Bett ging. Er hatte ein merkwürdiges Gefühl, als er danach die Stille in den Gängen spürte und seine Kampfausrüstung ansah. Etwas sagte ihm, daß dies nur die Ruhe vor dem Sturm sein könnte.

Es war schon spät, als er ausgeschlafen aufstand. Er rief gleich von einer Telefonzelle vom Hof aus Anna an. Aber am anderen Ende der Leitung meldete sich niemand. Sie befindet sich bestimmt noch in einer Vorlesung, dachte er. Dabei überkam ihn Wut auf seinen Gruppenführer, weil er die Ausgangssperre verhängt hatte. Sonst hätte er sich jetzt bequem auf sein Motorrad setzen können, um zu Anna zu fahren. Weil er nicht zu ihr konnte, merkte er erst recht, wie sehr er ihre Nähe und Zärtlichkeit brauchte.

Der Tag klang allmählich aus, und die Hofbeleuchtung wurde ausgeschaltet. Die Schüler wurden zum Abendessen gerufen. Stefan fühlte keinen Hunger, aber für einen Schüler war es verboten, dem Essen in der Kantine fernzubleiben. Stefan hatte das Tablett mit dem Abendessen auf den ersten freien Platz gestellt und begann lustlos zu essen. Seine Gedanken waren ständig bei Anna, denn trotz wiederholter Versuche hatte er sie telefonisch nicht erreicht. Er aß nur wenig und verließ die Kantine, die vollgefüllt war mit Menschen in Uniform, bald wieder. Sein Atem wurde schneller, als er nochmals Annas Nummer wählte. Gleich müßte er ihre Stimme hören, er redete sich ein, daß er trotz der Entfernung ihre Wärme spüren würde. Stefan wartete vergeblich, es meldete sich immer noch niemand auf der anderen Seite der Leitung. Wütend legte er den Hörer auf. Es gingen ihm Bilder durch den Kopf, wie der andere bei Anna lag und ihren Körper streichelte. Bei dieser Vorstellung überlief ihn eine Gänsehaut und er schimpfte laut vor sich hin. An diesem Abend konnte er erst spät einschlafen.

„Aufstehen! Aufstehen! Und mit Ausrüstung auf dem Appellplatz antreten", brüllte eine bekannte Stimme. Das Licht im Zimmer wurde angemacht, und die vier Zimmergenossen zogen sich mit mürrischen und unzufriedenen Gesichtern an. Kurz darauf stand Stefan auf dem Appellplatz. Bevor er die Piste betrat, blieb er einen Moment verwirrt stehen, denn auf dem Platz befanden sich bereits sämtliche Klassen, und solch ein Aufgebot hatte er bisher noch nicht gesehen. Stefan nahm sich vor, nochmals Anna anzurufen, und wollte zu seiner Abteilung zurückkehren. Die laute und strenge Stimme des Gruppenführers kam ihm zuvor und zwang ihn, in die Reihe zurückzutreten. Schulze faßte sich einigermaßen kurz und sagte, daß ihr Einsatzort erneut der Flughafen sein würde und diesmal sämtliche Abteilungen dabei sein würden. Sie könnten sich daher sicher den Ernst der Lage ausmalen. Dann befahl er seinen Männern, die Einsatzfahrzeuge zu besteigen.
Es war kurz nach drei Uhr morgens, als die Kolonne den Schulhof verließ. Eine dreiviertel Stunde später erreichten sie ihr Ziel. Stefan schlief wie die meisten seiner Kollegen, als die Fahrzeuge in einem Waldstück in der Nähe des Flughafens anhielten. Dort wollten sie den kommenden Tag erwarten. Einige Stunden später forderten die Kommandanten ihre schlafenden Männer auf, sich auf den Einsatz vorzubereiten. Die Tür des Mannschaftswagens, in dem Stefan sich befand, wurde energisch aufgemacht und Schulze sagte: „Männer, es ist soweit, ihr müßt euch bereithalten, denn wir können jeden Moment von der obersten Stelle den Einsatzbefehl erhalten." Er versuchte erneut, seinen Männern die Wichtigkeit des Einsatzes klarzumachen. Er wies sie darauf hin, daß dies besonders

für den Gebrauch der Waffen gelte und das Gesetz für alle ohne Ausnahme zur Anwendung käme.

Nach einer halben Stunde sprach Schulze sie erneut an und forderte sie lautstark auf, das Fahrzeug zu verlassen und eine Zweierreihe zu bilden. „Es geht los. Jetzt werden sie endlich bekommen, was sie verdient haben." Solche und ähnliche Worte fielen während des Aussteigens. Stefan schaute sich um und stellte fest, daß sämtliche Männer ausgestiegen waren. Er schätzte, daß es etwa tausend Beamte waren, die jetzt Schutzschilder und Schlagstöcke in den Händen hielten. Beim Anblick dieses Bildes mußte er an seine erste Demonstration denken, und ein kaltes Lächeln zog über sein Gesicht. Die Fahrzeugführer warfen die Motoren an, und die lange Kolonne setzte sich in Bewegung und verschwand. Kurz darauf kamen aus der gleichen Richtung sechs Wasserwerfer, worüber die Männer etwas verwirrt waren. Schulze forderte seine Männer auf, sich hinter einem der Fahrzeuge zu plazieren. Stefan ging mit schnellen Schritten hinter dem Fahrzeug her und schaute nach den Menschen aus, auf die er später vielleicht mit seinem Schlagstock einschlagen mußte. Er mußte nicht lange warten, dann sah er sie gegenüber der Flughafenanlage mit Transparenten in ihren Händen. Das Polizeiaufgebot stellte sich zwischen die Flughafenanlage und die Demonstranten. Der Abstand zwischen den Demonstranten und den Uniformierten betrug etwa fünfzig Meter, weit genug, um die Gesichter nicht erkennen zu können. Stefan belastete das nicht, aber er war dennoch beunruhigt, denn früher hatten die Demonstranten ihre Forderungen und Unzufriedenheiten laut herausgeschrien. Aber diese hier auf der Wiese hatten sich in großer Zahl versammelt, und man hörte keinen Ton von ihnen.

Es war mindestens schon eine Stunde vergangen, und nichts war passiert. Das gefiel vielen nicht und vor allem nicht dem Gruppenleiter Schulze, der allmählich seine Meinung über die Menschen auf der anderen Seite kundtat. Stefan dachte nicht an die Demonstranten in diesem Moment, sondern überlegte, wo Anna wohl die letzte Nacht verbracht hatte und ob ihr etwas zugestoßen sein könnte.

Er schaute zu dem großen Flughafengebäude und dachte,
daß es dort sicher Telefonzellen geben würde, von denen er
Anna anrufen könnte, falls die Sache sich zum Guten ent-
wickeln würde.
Aber sein Instinkt sagte ihm, daß es nicht so sein würde.
Währenddessen landeten und starteten die Maschinen
und flogen in alle Himmelsrichtungen. Stefan konnte beobachten, daß sich auf der Terrasse des Ankunftsgebäudes,
wo gewöhnlich viele Autos mit Reisenden ankamen, ungewöhnlich viele Menschen versammelt hatten. Das konnten
nicht nur Schaulustige sein, die sich das Polizeiaufgebot
näher ansehen wollten. Das da oben müssen auch Demonstranten sein, sagte er sich mit zitternder Stimme. Mit seiner Vermutung lag er ganz richtig, denn kurz darauf
ertönten laute, helle Befehlsstimmen, die die eine Gruppe
in zwei aufteilten. In der neu hergestellten Gruppe befanden sich auch Stefan mit seinen Klassenkameraden und
der Gruppenleiter Schulze. Es kam der Befehl, zur Terrasse vorzurücken.
Die Menge ging schweigend hinter den drei Tankfahrzeu-
gen her. Die Entfernung wurde immer kleiner zwischen
ihnen und den zum größten Teil maskierten Demonstranten, deren Stimmen lauter wurden. Diese Schreie erinnerten Stefan an seine erste Begegnung mit Demonstranten,
die noch nicht so lange zurücklag. Er versuchte mit allen
Kräften, die lauten Stimmen zu verdrängen. Statt dessen
dachte er darüber nach, welche Gründe diese Menschen
hatten, auf die Barrikaden zu gehen. Bei diesen Überlegungen dachte er an Annas Aussagen über das Feuer,
welches sich im Tropenwald ausdehnte und alles vernichtete, wodurch sich der Mensch ein Stück auch selbst vernichtete.
Stefan kam es so vor, als hätte das Feuer aus der Ferne die
hiesigen Betonstädte ergriffen. Er war so mit seinen Gedanken beschäftigt, daß er gar nicht bemerkte, wie die
ersten Schlagstöcke ihre Opfer trafen. Den ersten Schlägen folgten heftige Schmerzensschreie der Menschen, die
sich getroffen am Boden wälzten. Die Wasserwerfer suchten ebenfalls ihr Ziel in den Menschenmassen. Die Beam-

ten, die mit Schlagstöcken ausgerüstet waren, schlugen erbarmungslos zu und versuchten dadurch, das Plateau des Terminals für die Fluggäste freizumachen. Stefan rannte mit erhobenem Stock auf eine vermummte Gruppe von Demonstranten und schwenkte den schwarzen Stock durch die Luft in der Hoffnung, ihnen damit Angst zu machen und sie zum Rückzug zu bewegen.
Kaum hatte er einen Halbkreis mit dem Stock beschrieben, als er einen unerträglichen Schmerz in der rechten Schulter verspürte, der ihn zu Boden gehen ließ. Er stieß einen wilden Schmerzensschrei aus. Er versuchte zu begreifen, was ihm zugestoßen war. Dabei schaute er mit weit geöffneten Augen um sich, aber es war niemand in seiner Nähe. Stefan hatte keine Zeit, weiter über seine Situation nachzudenken, denn auf ihn und seine Kameraden hagelte es Pflastersteine, die zuvor gewaltsam aus dem Boden gerissen wurden. Die Wut, die er verspürte, ließ seine Augen rot werden. Er hatte Wut auf alle, die keine Uniform trugen. Dadurch verdrängte er auch seine Schmerzen. Stefan wünschte sich in diesem Moment, daß er so viele Schläge wie nur möglich austeilen könnte.
Der Tag war sehr kalt und neblig, aber die Verkehrsmaschinen starteten und landeten trotzdem. Erst als die Dunkelheit hereinbrach, konnten die Beamten aufatmen, da sich die Demonstranten erschöpft in die umliegenden Wälder zurückzogen und eine riesige Zerstörung hinter sich ließen. Es waren aber nicht nur Gebäude beschädigt, sondern es gab zahlreiche Verletzte, die zur Behandlung in die umliegenden Krankenhäuser gebracht wurden. Stefan, der selbst mehrmals von Steinen getroffen worden war, fühlte sich hundeelend. Er hatte überall Schmerzen, wo er auch nur hinfaßte. Trotzdem aber gingen seine Gedanken sogleich zu Anna, als die Demonstranten abgezogen waren. Müde schaute er auf die Telefonzellen, die sich im Inneren des Gebäudes befanden.
Mit schweren, mühsamen Schritten erreichte er das erste Telefon, wo er seinen Schutzhelm, Schutzschild und Schlagstock ablegte. Eine Weile suchte er in seinen Taschen nach Kleingeld. Er wählte Annas Nummer, und seine Blicke

wanderten zu den verwirrten und erschrockenen Fluggästen. Bei diesem Anblick versuchte er sich zu erinnern, wie
die Menschen noch vor kurzer Zeit mit freudigen Gesichtern dort gestanden hatten. Aber sein eigenes Gesicht war
von Bitterkeit gekennzeichnet, vor allem, als er feststellen
mußte, daß Anna noch immer nicht zu erreichen war.
Stefan stellte sich vor, wie sie sich in der Umarmung mit
einem anderen befand. Diese Vorstellung regte ihn so auf,
daß er wütend den Hörer auf die Gabel warf und seine
Sachen vom Boden hob.
Langsam verließ er das Gebäude und folgte seinen erschöpften Kameraden. Stefan hatte nicht daran gedacht,
daß sein Weg zum Telefonapparat ein unerlaubtes Entfernen war und schlimme Konsequenzen für ihn hätte haben
können. In diesem Moment versuchte er nur, trotz der
großen Müdigkeit, seine Gedanken zu ordnen. Es war
bereits der zweite Tag, daß Anna nicht zu erreichen war.
Das konnte nichts Gutes bedeuten. Sie hatte bestimmt
jemanden gefunden, der mehr Zeit für sie hatte als er.
Gleichzeitig dachte er, daß es leichter wäre, wenn Anna es
ihm selbst sagen würde. Dabei hatte er große Lust, denjenigen zu sehen, der ihm seine große Liebe wegnahm. Es
könnte aber auch sein, daß ich ihn bereits gesehen habe,
dachte Stefan. Vielleicht war es derjenige, dem ich in der
Disko eine verpaßt habe. Bei diesen Gedanken überlief ihn
eine Gänsehaut. Sie kann mich doch nicht mit so einem
jämmerlichen Typen betrügen, versuchte er sich einzureden. Aber wenn er es doch sein sollte, der mir Anna weg-
nimmt, dann werde ich ihm beweisen, daß ich sie viel mehr
liebe, als er es sich jemals vorstellen kann.
Stefan war weiterhin so mit seinen Gedanken beschäftigt,
daß er übersah, wie die Mannschaftsfahrzeuge ankamen,
um die restlichen erschöpften Kameraden abzutranspor-
tieren. Erst als eine laute Stimme ertönte und alle aufforderte, die Fahrzeuge zu besteigen, nahm er erneut die Zerstörung um sich herum wahr. Er warf einige flüchtige
Blicke zu seinen Kameraden, die mit hängenden Köpfen
die Fahrzeuge bestiegen. Bevor er endgültig einstieg, schaute er noch einmal auf die zerstörten Fensterscheiben hinter

den erschrockenen Fluggästen. Eigentlich hätte er sich das nicht anschauen müssen, denn seine Augen hatten den ganzen Tag genügend grausame Bilder gesehen. Er mußte vor allem an die Fluggäste denken, die von den Demonstranten körperlich angegriffen worden waren. Es war für ihn fast unerträglich gewesen. Wie seine zahlreichen Kollegen hatte er versucht, sein Bestes zu geben, aber man konnte natürlich nicht überall zur Stelle sein, um den schreienden Menschen zu helfen.

Der Mannschaftswagen hielt gegen einundzwanzig Uhr auf dem Schulgelände. Die müden Männer bekamen ein warmes Essen, auf das sie lange hatten warten müssen, und begaben sich dann in die Schlafräume. Zwei Stunden waren bereits vergangen, seitdem die letzten Lichter erloschen waren. Nur wenige Bereiche waren noch beleuchtet, unter anderem die Telefonzelle, in der sich Stefan befand in der Hoffnung, Anna noch zu erreichen. Seit der Ankunft im Ausbildungszentrum hatte er mehrere Male versucht, Annas Stimme zu hören. Er hatte kein Glück gehabt. Ihre Abwesenheit dauerte schon viel zu lang, und Stefan glaubte allmählich, daß ihr etwas passiert war. Immer wieder mußte er daran denken, daß Anna mit einem Fremden nackt im Bett liegen könnte, obwohl er es sich nicht so recht vorstellen konnte.

„Ja, bitte", erklang eine ihm sehr bekannte Stimme am anderen Ende der Leitung. Stefan hörte sie zwar, konnte es aber kaum glauben, sie wirklich erreicht zu haben. Anna mußte ein zweites Mal in den Hörer sprechen, bis Stefan sich meldete. „Hallo, Anna, ich bin es", brachte er mit zitternder Stimme hervor. In diesem Moment hätte er sie am liebsten gefragt, ob sie nackt wäre und mit dem anderen im Bett liegen würde und dieser ihre zarte Haut küssen dürfte. Er hätte auch gern gewußt, ob es mit diesem mehr Spaß machen würde als mit ihm. Er brachte aber keinen dieser Sätze heraus. Statt dessen erkundigte er sich nach ihrem Befinden und fragte beiläufig, wo sie so lange gewesen war.

Anna schwieg eine Weile und antwortete ihm dann mit einer für ihn unbekannten lebhaften Stimme. „Mir geht es

gut, sogar ausgezeichnet. Ich habe aber zu tun", sagte sie. Nach diesen Worten kehrte erneut Ruhe ein. Stefan hätte sich am liebsten in diesem Moment in die Finger gebissen, denn für ihn sah es so aus, als hätte er mit seinen Vermutungen recht gehabt. „Liebst du mich noch?" fragte er halblaut. Auf der anderen Seite ertönte ein lautes Lachen. „Du dummer Kerl", sagte Anna. „Was soll das heißen? Na klar tu' ich das. Seit langer Zeit sogar. Aber das müßtest du eigentlich wissen. Wieso stellst du mir überhaupt eine solche Frage?"
Stefan, der inzwischen nervös am Telefonkasten herumklopfte, bemühte sich, seine Stimme zu beherrschen. „Das ist doch ganz einfach, Anna", sagte er und erklärte, wie oft er vergeblich versucht hatte, sie zu erreichen. Abschließend sagte er, daß er dennoch überzeugt wäre, sie hätte eine neue Liebe. „Ja", sagte sie. „Du hast schon recht." In diesem Moment, als er das vernahm, donnerte er mit der Faust gegen die Zelle. „Da siehst du es", schnitt ihr Stefan das Wort ab. „Du lügst mich an", schrie er. „Nein, so wie du denkst, ist es nicht", erwiderte Anna. „Also nicht so, wie ich es mir vorstelle?" sagte er spöttisch und knallte dann den Hörer auf die Gabel. „Verdammt", schrie er, als er dem Telefonapparat den Rücken zukehrte, „hält sie mich wirklich für so blöd, daß ich ihr diese Geschichte glaube? Sie bleibt tagelang mit diesem Jungen fort und erzählt mir, daß es nichts zu bedeuten hat." Stefan stand jetzt mitten auf dem Appellplatz und schaute in Richtung der Schlafunterkünfte. Er hätte in diesem Moment alles tun können, nur nicht ins Bett gehen.
Kurz nach Mitternacht schob er seine Maschine heimlich aus dem Gelände. Erst als er sich weit genug vom Pförtner entfernt hatte, startete er den Motor. Er hatte es eilig, zu Anna nach Frankfurt zu kommen. So schnell war er noch nie gefahren. Währenddessen spielten sich in seinem Kopf immer wieder die gleichen Bilder ab. Trotz der Kälte schwitzte er am ganzen Körper, als er bei Annas Wohnung ankam. Kaum hatte er die Maschine abgestellt und wollte die Eingangstür öffnen, mußte er feststellen, daß sie verschlossen war. Nervös suchte er die Beleuchtungstaste für

die Außenbeleuchtung und drückte auf den Knopf. Dann bestätigte er mehrmals den Klingelknopf von Annas Wohnung. Sie schläft und kann mich nicht hören, dachte er. Und dafür setze ich meine Ausbildung aufs Spiel. Er drückte weiter auf den Klingelknopf.

„Wer ist denn da?" erklang Annas gereizte Stimme aus der Sprechanlage. „Ich bin's. Ich bin's", antwortete Stefan. Anna schwieg und betätigte den Türdrücker.

„Das ist das Ende, Anna. Es gibt nichts mehr, was uns beide noch zusammenhält. Daran ändert auch nichts die schöne Zeit, die wir hier oder in den unbeschreiblich schönen Wäldern von Meinort verbracht haben. Ja, das hast du alles zerstört und zunichte gemacht."

Stefan hatte sich vorgenommen, ihr das so zu sagen und ihrer Untreue damit ein Ende zu machen. Der Tag, der hinter ihm lag, hatte mehr an Kräften von ihm verlangt, als es ihm bewußt gewesen war. Seine Schritte verlangsamten sich immer mehr, und es brach ihm starker Schweiß aus. Er war sich nicht mehr sicher, ob er es fertigbringen würde, Anna seine wohlüberlegten Sätze zu sagen. Sein Herz schlug immer schneller, und das kam nicht nur von seiner Erschöpfung. Gleich würde er das zarte, weiße, runde Gesicht sehen, welches er in letzter Zeit sehr vermißt hatte. Stefan blieb einen Moment stehen, um seine Unsicherheit zu überwinden. Er war zu Anna gefahren, um eine für ihn sehr wichtige Frage für immer zu klären. Er stand noch mit geballten Fäusten im Flur, als sich die Wohnungstür öffnete. Sie war es und hatte bestimmt hinter der Tür auf ihn gewartet. Er schaute in das Innere der Wohnung und konnte kaum ihre Gestalt erkennen, denn die Beleuchtung war ausgeschaltet.

„Komm doch endlich herein", sagte sie. Ohne ein Wort zu verlieren betrat er den Flur. Erst jetzt konnte er sie genauer sehen. Sie ging leise und ohne ein Wort zu sagen vor ihm her. Er folgte ihr in das Wohnzimmer und sah, daß Anna im Schlafrock war. In der Mitte des Zimmers drehte sie sich zu ihm um und sagte: „Ich weiß nicht, was mit dir los ist. Ich fühle mich jedenfalls sehr müde und werde jetzt ins Bett gehen, Stefan." Er erwiderte nichts, sondern

schaute sie nur stumm an. Sie, die ihm so gefehlt hatte. Er betrachtete ihr kindhaftes Gesicht und wie unschuldig sie dadurch wirkte. Sie wollte an ihm vorbeigehen. Dabei hatte er noch kein einziges Wort mit ihr gesprochen. Schnell streckte er seinen Arm aus und hielt sie am linken Oberarm fest. Sie lächelte nur und fragte ihn, was das zu bedeuten hätte. Er schwieg und betrachtete weiter ihr Gesicht. Dabei mußte er feststellen, daß Tränen über ihre Wangen flossen. Das ist doch nur die gefährliche Waffe der Frau, dachte Stefan, während er sie schweigend ansah. Langsam ließ er seine Hände über ihre Hüften gleiten und dachte, daß er viel zu lange hatte auf Anna warten müssen. Ihre Lippen trafen sich, und Stefan erwiderte jetzt Annas heftige Küsse, wobei er sie sanft streichelte. Plötzlich stieß Anna einen Schrei aus. Ahnungslos sah Stefan sie an und merkte, daß ihr Gesicht schmerzverzerrt war. Anna drehte den Kopf zur Seite, um ihm nicht zu zeigen, wie weh es tat. Er nahm aber ihr Gesicht und drehte es zu sich. „Sag, was ist mit dir?" fragte er verwirrt. „Wieso weinst du?" sagte er flüsternd. Sie wischte sich die Tränen mit dem Ärmel ihres Pyjamas ab und versuchte, dabei fröhlich auszusehen. „Du solltest vor mir keine Geheimnisse haben. Vor allen Dingen nicht, wenn es um deine Gesundheit geht", sagte er besorgt. Er begann nachzudenken, was Anna diese Schmerzen bereiten könnte. Vielleicht war es eine Frauenkrankheit oder der Blinddarm, oder sie erwartete ein Kind und wollte es vor ihm verheimlichen. Bei diesen Gedanken begann sein Herz heftiger zu schlagen, und sein Gesicht erstrahlte vor Fröhlichkeit. „Na gut", riß ihn Anna aus seinen Gedanken, „wenn du es unbedingt wissen willst, dann sollst du es jetzt erfahren." Stefan sah in Annas ernstes Gesicht und wartete gespannt, daß sie ihm jetzt sagen würde, daß er bald Vater werden würde. Uns wäre es sicher egal, ob es ein Mädchen oder ein Junge werden würde. Hauptsache, wir hätten jemanden, den wir liebhagen könnten, dachte Stefan. Anna drehte ihm den Rücken zu und bat ihn, die hinten zu öffnenden Pyjamaknöpfe aufzumachen.
Das Kind lebt. Es lebt im Leib seiner Mutter, und ich soll

es jetzt hören, glaubte er. Vorsichtig öffneten seine Finger
die Knöpfe. Der obere Teil war bereits aufgeknöpft, als sich
ihm ein Bild bot, daß ihm den Atem nahm. Annas bis dahin
zarte weiße Haut war mit dunklen bis schwarzen Flecken
gekennzeichnet. Seine Hände begannen zu zittern, und er
rang nach Luft. Die letzten Knöpfe riß er förmlich aus dem
Stoff. Der Rücken war jetzt frei, und was er sah, war
entsetzlich. Er fuhr sich mit den Händen durch das Haar
und sagte erschüttert: „Um Gottes willen, Anna. Was ist
mit dir geschehen?" Anna aber blieb stumm.
Nach kurzer Zeit drehte sie sich zu ihm um und antwortete:
„Hab keine Angst, Stefan. Es tut nicht weh."
„Du mußt mir erzählen, wie alles passiert ist", sagte er
ernst.
Anna begann gleich mit den Erklärungen: „Ich weiß, daß
dir meine Geschichte nicht gefallen wird. Besser gesagt,
wird sie dich schockieren", meinte sie mit einem Lächeln.
„Es ist dir doch bekannt, daß ich mich für die Erhaltung der
Natur einsetze, seitdem ich in Frankfurt bin." Dieser Satz
schlug wie Trommeln durch seinen Kopf, aber er ließ sie
weiterreden, während sich seine Hände zu Fäusten ball-
ten. Er rief sich die Momente ins Gedächtnis, die er erleben
mußte, als er den maskierten Menschen gegenüberstand.
Denn sie alle setzten sich in gleichem Maß für die Natur ein
und zerstörten doch alles, was ihnen im Weg war. Es ist
doch grausam, dachte Stefan, auch die Art, wie sie miteinander umgehen. Aber er hätte sich nie träumen lassen, daß
Anna unter denjenigen wäre, die mit Steinen und Kugeln
auf ihn und seine Kameraden schießen würden. „Hör auf,
du brauchst mir nicht weiterzuerzählen", sagte Stefan zornig. „Ich kann dich nicht begreifen, Anna, du möchtest mir
weismachen, daß du es nötig hattest, dich von der Polizei
beinahe zu einem Krüppel schlagen zu lassen. Wenn du
mir nur erklären könntest, warum ihr euch so aufregt und
so tut, als ob von diesem Flughafen der dritte Weltkrieg
ausbrechen würde. Aber selbst wenn es passieren würde,
dann gäbe es ein solches Inferno, daß die Menschheit das
nicht überleben würde. Und das, mein Mädchen, solltest
du dir gut hinter die Ohren schreiben." Nach diesem Satz

machte Stefan eine Verschnaufpause, bevor er weiter auf sie einredete. „Nun noch einmal zu dir und deinen Freunden, die sehr gut wissen, wie man Steine nach uns wirft und die auch mit der Steinschleuder umgehen können. Sag doch mal ehrlich, glaubst du wirklich, daß solche Menschen Wert auf die Erhaltung der Natur legen? Ich jedenfalls glaube es nicht, und es schockiert mich sehr, daß du dich auf ihre Seite stellst und genauso gewaltsam gegen die Polizei vorgehst. Diese Feststellung erschreckt mich genauso wie der Gedanke, daß heute irgendwo Waldflächen für den Bau menschlicher Unterkünfte, Schulen oder Krankenhäuser freigemacht werden müssen."

Anna, die bis dahin aufmerksam zugehört hatte, unterbrach ihn: „Ich stelle es mir gar nicht so vor wie du", sagte sie beinahe zischend. „Ich bin überzeugt, daß es noch viel grausamer werden wird, als es schon ist. Schau dich doch nur um. Es ist alles nur Beton, Beton und nichts als dieser abscheuliche Beton, wohin man auch schaut. Jedem Mensch muß doch klar sein, daß es so nicht weitergehen kann. In ein paar Jahrzehnten wird es auf der Erde keine Wälder mehr geben. Einerseits vernichten wir die tropischen Wälder, und andererseits bauen wir alles mit Beton zu. Das schlimmste dabei ist doch, daß Vater Staat gleich seine Schläger losschickt, wenn einer was dagegen unternehmen möchte."

Stefan fühlte sich natürlich angesprochen und fiel ihr ins Wort: „Entschuldige mal! Deine Behauptungen sind doch ganz falsch, wenn du sagst, daß der Staat die Initiatoren dieser Bewegung skrupellos bekämpft. Im Gegenteil! Unser Staat fördert sogar solche Gruppen und gibt dafür sogar öffentliches Geld aus, zwingt die Industrie, immer mehr schonende Herstellungsverfahren anzuwenden. Aber was du und deine Freunde machen, ist keine Schonung der Natur. Das ist ein Zerstörungswahnsinn, der niemandem etwas Gutes bringen kann."

Stefan merkte, wie erschöpft er war. Er fühlte sich zu schwach, um den Streit fortzusetzen. Außerdem würde es bald hell werden, und in der Schule durfte man seine Abwesenheit nicht bemerken. Er sagte ihr, es täte ihm sehr leid, daß man ihr Schmerzen zugefügt habe. Dann stand er entschlossen auf und verließ die Wohnung.

Am Tor des Ausbildungszentrums mußte er zwanzig Minuten warten, bis der diensthabende Pförtner sein Häuschen verließ. Dann schob Stefan eilig sein Motorrad aufs Gelände und fiel kurz darauf todmüde ins Bett.

Am nächsten Morgen wurde die Mannschaft von einer grellen Stimme geweckt, aber Stefan schlief weiter. Martin mußte ihn mehrmals an der Schulter rütteln, bis er langsam die Augen öffnete.

Sie ist dabei. Sie ist dabei. Seine Gedanken kreisten nur um dieses Thema. Stefan sagte nichts zu seinem Kameraden, der immer noch über ihn gebeugt dastand. Statt dessen erhob er sich mühsam und nahm eine kalte Dusche, wobei er die Gedanken trotzdem nicht los wurde. Im Gegenteil, er vertiefte sich immer mehr in das Geschehen der letzten Nacht. Zuerst wollte Stefan nicht glauben, daß Anna dabei gewesen war. Aber die Verletzungen sagten ihm, daß es wahr war. Er fühlte noch immer eine Gänsehaut. Er konnte nicht fassen, daß sie nicht mehr in der Lage waren, miteinander zu sprechen. Nein, das war nicht die Art, wie zwei Verliebte miteinander umgingen. Ihm kam es eher so vor, als hätten zwei Feinde miteinander gesprochen. Diese Gedanken erschreckten ihn, und er ließ einen Schrei los, schlug sogar mit den Fäusten gegen die Duschkabinenwand. Hatte Anna vielleicht die Steine nach ihm geworfen, oder hatte er sie mit dem Stock geschlagen? Erneut stieß er einen Schrei aus und hämmerte mit den Fäusten weiter auf die Wand. Er konnte diese Gedanken nicht ertragen.

Stefan erschien noch rechtzeitig zum Frühstück und zwang sich, etwas zu essen. Er hatte das Gefühl, mit völlig Fremden in der Kantine zu sein. Er begann sie zu hassen, denn auch sie waren schuld daran, daß Anna zusammengeschlagen worden war, und das konnte Stefan ihnen nicht verzeihen.

Die nächsten Tage verliefen recht lebhaft, da die Mannschaft ständig auf die Probe gestellt wurde und Schulze sie im Nahkampf für den Ernstfall ausbildete. Er ließ seine Leute mit leichten Steinen bewerfen, sogar ab und zu mit Molotowcocktails. Das ganze ging nur so lange gut, wie die eigenen Kameraden getroffen wurden. Plötzlich aber wurde der Gruppenleiter von einigen Farbdosen getroffen. Schulze ließ einen Schrei los und forderte sie auf, aufzuhören. Totale Stille trat ein. Sämtliche Blicke waren auf Schulze gerichtet. Er war in seiner Uniform nicht mehr zu erkennen, denn es hatte sich jemand den Spaß erlaubt, verschiedene Farben zu werfen. Schulze war so wütend wie nie zuvor und sprang vom Boden auf. Er beschimpfte sämtliche Anwesenden und drohte ihnen allen mit Konsequenzen. Dann verließ er die Mannschaft, ohne ihnen die Erlaubnis zum Wegtreten gegeben zu haben. Aber sie blieben trotzdem nicht dort stehen, sondern begaben sich lachend in ihre Schlafunterkünfte. Sie hatten vorerst genug von den Proben für den Ernstfall.

Während dieser Tage hatte Stefan ständig versucht, Anna aus seinen Gedanken zu verdrängen, aber es war ihm nicht gelungen. Statt dessen mußte er immer häufiger an die Zeit denken, als er Anna zum ersten Mal sah und feststellte, daß er verliebt war. Diese herrliche Zeit hatte er in Erinnerung, besonders aber die Zeit kurz vor ihrer Volljährigkeit, nach der sie sich mit ihrer körperlichen Liebe beschenkten. Stefan erinnerte sich genau an den Tag, an dem sie gleichzeitig ihre Unschuld verloren.

Es war an einem warmen Sommertag, und sie fuhren mit dem Fahrrad in den Meinorter Wald. Sie ahnten nicht, was passieren würde, denn sie waren vorher bereits unzählige Male im Wald gewesen und hatten sich ins hohe Gras gelegt, um miteinander zu schmusen. Bei diesen Zärtlichkeiten waren Stefans Hände einige Male unter Annas T-Shirt gelandet. Seine Finger hatten ihre nackte Haut berührt und hatten sich vorsichtig bis zu ihrem Busen vorgetastet. Ihm war jedesmal das Blut in den Kopf gestiegen, und seine Finger hatten gezittert. In diesen Momenten hatte er nie gewußt, ob sie ihm erlauben würde, ihren

Busen anzufassen. Deshalb hatte er sich angewöhnt, sie immer zuerst glühend zu küssen und dabei dann die Hand auf ihre Brust zu legen. Für Stefan war das ein unbeschreiblich schönes Gefühl, wenn seine Hand auf ihrer Brust lag. Dabei war sein Verlangen immer größer geworden. Seine Lippen hatten sich fest auf ihre gepreßt, und nach einer Weile hatte er dann ihren Busen massiert. Meistens befreite er ihre Brüste von dem Büstenhalter und schaute sie nur stumm an. Gewöhnlich dauerte das aber nicht lange, denn er umfaßte zart ihre Warzen mit den Lippen und begann, sie sehnsüchtig zu küssen. Stefan hatte einige Male auch versucht, sie von ihrer übrigen Kleidung zu befreien, aber sobald seine Hände sich dem Hosenreißverschluß näherten, stieß sie ihn von sich und gab ihm zu verstehen, daß sie dazu erst nach dem Abitur bereit wäre. Stefan mochte diese Predigten nicht hören, denn schließlich taten es die meisten aus ihrer Klasse. Aber Anna ließ nicht locker und blieb bei ihrer Haltung.

Als es dann soweit war, daß die beiden ihr Abitur bestanden hatten und Anna sogar einen Studienplatz hatte, waren auch die Eltern sehr froh. Stefan freute sich ebenfalls, daß sein Traum vom Kriminalinspektor nun endlich in Erfüllung gehen würde.

Die Abschlußfeier fand vierzehn Tage später statt. Die jungen Menschen versammelten sich das letzte Mal in ihrer Klasse. Tische und Bänke waren bedeckt mit Essen und Getränken. An dem Platz, an dem normalerweise der Lehrer stand, war eine Musikanlage aufgebaut. An diesem Abend wurde viel getanzt, gelacht und gesungen. Anna und Stefan genossen den Abend sehr und versuchten, nichts zu versäumen. Es war bereits nach Mitternacht, als die beiden sich in den Flur stellten, um etwas Luft zu schnappen. Anna klagte über ihre Füße, die ihr sehr weh taten, und wollte daher am nächsten Tag länger im Bett bleiben. Stefan schlug dann einen Ausflug in den Wald vor. Einen Augenblick war es zwischen ihnen beiden still. Aber sie verrieten sich durch ihre Blicke, denn sie wußten beide, daß es nicht ein üblicher Ausflug sein würde.

Einige Zeit später kehrten sie schweigend in das Klassen-

zimmer zurück. Als ein Blues gespielt wurde, begannen sie
zu tanzen. Anna hatte ihre Arme um Stefans Hals ge-
schlungen und ihren Kopf an seine Brust gelegt. Ihre Herzen schlugen schneller, und das Blut floß heiß durch ihre
Adern. Beide wußten, daß es nun keinen Grund mehr gab,
sich der körperlichen Liebe zu entziehen. Beide wollten es
auch, aber keiner sprach es aus. Die Platte war zu Ende,
und die Tanzpaare holten sich Getränke zur Erfrischung.
Stefan und Anna aber tanzten weiter, denn für sie spielte
in diesem Moment eine eigene Art von Musik.
Am nächsten Nachmittag trafen sie sich. Schweigend fuhren sie auf ihren Fahrrädern, aber in ihren Körpern stieg
die Flamme des Verlangens auf, die ihnen schon die letzte
Nacht den Schlaf geraubt hatte. Sie erreichten eine Lich-
tung, auf der sie sich schon früher des öfteren ausgeruht
hatten. Es war bereits spät am Nachmittag, als sie sich ins
hohe Gras legten. Sie wußten, daß sie vom Waldweg aus
nicht gesehen werden konnten, daher hatten sie auch
diesen Platz gewählt, denn sie wollten die nächsten Stunden ganz für sich allein haben.
Stefan streichelte zart über ihr Haar, aber noch immer
sagte keiner von ihnen ein Wort. Langsam zog er ihr das T-
Shirt aus und gleich darauf mit zitternden Händen seine
und ihre Hose. Kurz darauf lagen sie in Unterwäsche
nebeneinander. Stefan konnte Annas Busen in seiner ganzen Schönheit bewundern. Anschließend begann er ihren
Körper zart zu küssen. Sein Mund erreichte ihren und
wurde glühend empfangen. Langsam wanderte seine Hand
zu ihrem Oberschenkel. Das Vorspiel dauerte eine Weile,
bis ihnen das Blut in den Kopf schoß. Anna schämte sich
und drehte den Kopf zur Seite, als Stefan auch ihre Unter-
hose auszog und seine dazu. Die nächsten Minuten waren
wie Stunden, in denen sie die Liebesqual über sich ergehen
ließen. Am Ende lagen sie nebeneinander und schienen mit
den Gedanken weit weg zu sein. Sie schämten sich nun
nicht mehr, sondern schauten sich an und streichelten sich
gegenseitig.
„Sag, bist du mir böse jetzt?" fragte Stefan. Anna antwortete nicht, sondern lächelte nur mit einem strahlenden Ge-

90

sicht. Trotzdem glänzten ein paar Tränen in ihren Augen. Sanft wischte er ihre Tränen fort und gab ihr einen Kuß. Anna küßte ihn daraufhin hinter das linke Ohr. Mit diesem Kuß sagte sie ihm, daß sie ihm nicht böse war und ihn weiterhin liebte.

Es war ein heißer Tag, und selbst am späten Nachmittag schien die Sonne ihre Kraft nicht verloren zu haben. Stefans Herz war voller Liebe zu Anna, und es machte ihn besonders glücklich, daß sie ihm ihre Jugend schenkte. Ihm, der sie über alles liebte und beschützen würde. Diese letzten Gedanken holten ihn aus seinen Träumen zurück in die Gegenwart.

„Anna lieben und alles tun, um sie zu beschützen“, sagte er leise vor sich hin. „Ich muß sie sofort sprechen, um Klarheit zwischen uns zu schaffen.“ Das waren Stefans Gedanken, die in ihm tobten. Aus diesem Grund begab er sich zur Telefonzelle. Kaum hatte Stefan die Hälfte des Weges zurückgelegt, als ihm Schulze begegnete. Dieser schenkte ihm nur einen kurzen Blick, bevor er zu schreien anfing: „Alle raustreten! Ich will euch sofort auf dem Appellplatz angetreten sehen. Ist das klar?“ Die Worte hallten laut durch die Schlafräume. Schulze bemühte sich, beinahe jeden einzelnen am Kragen zu packen und aus dem Bett zu zerren.

Wenige Minuten später befanden sie sich komplett auf der Betonpiste und mußten sich Schulzes Vorwürfe anhören. „Da wären wir wieder“, sagte er in einem harten Ton und in einer sauberen Uniform. „Anscheinend haben einige von euch gedacht, daß ich nur zu meinem Vergnügen mit euch arbeite und ihr mich für euren Blödsinn ausnützen könnt. Da täuscht ihr euch aber sehr, und ich werde euch gleich beweisen, daß das hier kein Kindergarten ist, sondern eine Polizeischule, in der sich niemand ohne ausdrückliche Erlaubnis vom Übungsplatz entfernen darf. Um diese Aufgabe endgültig zu begreifen, muß man körperlich fit sein. Ich sehe aber bei euch nur das Gegenteil.“ Schulze sprach diesen Satz mit einem zynischen Lächeln aus. „Jawohl, meine Herren“, tönte er weiter, „eine körperliche Aufwärmung wäre das, was ihr jetzt braucht.“

Dann gab er die Anweisung zum Laufen. Schweigsam begann die Klasse, um das Übungsgelände herumzulaufen. Die ersten Runden waren nach wenigen Minuten geschafft, und Schulze, der die ganze Zeit zugesehen hatte, gab ein Zeichen zum Weiterlaufen. Unzählige Male mußten sie den Platz umkreisen. Die jungen Männer waren bis auf die Knochen erschöpft, und die ersten fielen zu Boden, aber der Gruppenleiter ließ nicht locker, sondern forderte sie immer noch zum Weiterlaufen auf. Der Befehl zum Aufhören kam erst, als fast alle Männer am Boden lagen und nach Luft rangen. „So, das war's vorläufig. Oder glaubt ihr immer noch, daß ihr zum Spaß hier seid? Aber ich glaube, die Demonstranten im Wald, die sich schon ein Lager dort aufgebaut haben, werden sich keineswegs milder euch gegenüber stellen. Also, Männer", betonte er, „denkt immer daran, daß das hier kein Spielplatz ist und da draußen die bittere Wahrheit herrscht, die wir ganz ernst nehmen müssen. Ist das klar?" Jetzt gab er die Erlaubnis wegzutreten.

Stefan, der zu den wenigen zählte, die sich noch halbwegs auf den Beinen hielten, ging nicht wie alle anderen zu den Schlafräumen, um sich dort frischzumachen, sondern entschloß sich, dorthin zu gehen, wie er es sich ursprünglich vorgenommen hatte. Einige Zeit später war er so in Wut, daß er am liebsten das Telefonhäuschen kurz und klein geschlagen hätte. Er mußte feststellen, daß Anna zu Hause nicht zu erreichen war. Sie muß längst zu Hause sein. Die Vorlesungen sind um diese Uhrzeit auch beendet. Aber wo sollte sie hingegangen sein, so krank, wie sie sich fühlte. „Sie haben sich in den Wald zurückgezogen und dort ein Lager aufgebaut." Diese Worte klangen ihm jetzt in den Ohren. „Mein Gott. Vielleicht ist sie nicht nur körperlich, sondern auch geistig krank", sagte Stefan vor sich hin. „Ich muß sie suchen und ich werde sie auch finden, denn sie darf nicht weiter mit diesen Personen zusammenbleiben, sonst schlägt man sie eines Tages noch zum Krüppel. Und das ist das Letzte, was ich mir wünsche."

Stefan ging jetzt entschlossen in das Büro, wo sich Gruppenleiter Schulze befand. Der kleine, breitschultrige Mann ließ ihn eintreten und beobachtete ihn aus dem Sessel, in dem er saß. „Ja, was gibt es?" fragte er Stefan in einem Ton, der diesem spöttisch vorkam. „Herr Gruppenleiter", begann Stefan, der ganz verschwitzt vor Schulze Haltung annahm. Aber weiter kam er nicht, denn Schulze schlug mit beiden Händen auf den Tisch und schrie Stefan an: „Was ist das hier? Sind wir etwa in einem Saustall, oder was denkst du dir dabei, hier so dreckig vor mich hin zu treten. Geh jetzt, und komme erst wieder, wenn du dafür bereit bist. Ist das klar, oder muß ich noch deutlicher werden?"

Stefan wurde rot. Er sagte nur „Jawohl", um danach blitzartig den Raum zu verlassen.

Eine halbe Stunde später stand er erneut vor Schulze. Allerdings war er gewaschen und hatte eine saubere Uniform angezogen. „Man hat mich benachrichtigt, daß meine Mutter schwer krank ist", begann Stefan seine Geschichte. Schulze hörte aufmerksam zu und antwortete in gefühlvollem Ton: „Ich muß wohl nicht lange erklären, wie ernst die derzeitige Situation ist. Wir müssen jeden Moment mit einem Ausrückbefehl rechnen, und dafür brauchen wir jeden Mann. Aber ich verstehe auch private Probleme, und deshalb erwarte ich, daß man meine Freundlichkeit auch nicht ausnutzt für die Zeit, die ich freigebe."

Ich darf raus. Ich werde Anna suchen können. Diese Gedanken belebten Stefan total, als er Schulze so reden hörte. Bevor er den Raum verließ, sagte der Gruppenleiter, daß er nur bis zum nächsten Abend frei hätte.

Es war bereits dunkel, als Stefan mit seinem Motorrad vor Annas Haustür anhielt. Sein Finger betätigte mehrmals den Klingelknopf, aber es rührte sich nichts. Er mußte feststellen, daß Anna nicht zu Hause war. Diese Entdeckung überraschte ihn allerdings wenig. Es war zwecklos, sie jetzt auf der Uni zu suchen. Stefan entschloß sich, das Lokal aufzusuchen, wo er vor einiger Zeit eine Auseinandersetzung mit dem Bekannten von Anna hatte. Auch diesmal fiel es ihm schwer, für den Eintritt fünfzig Mark hinzublättern. Er hatte zwar gesagt, daß er nur kurz hineinschauen möchte, aber das freundliche Mädchen an der Kasse ließ ihn nicht gewähren. Es spielte eine Gruppe auf der Bühne, aber Stefan nahm die Melodien nicht wahr, denn seine ganze Konzentration richtete sich auf die Suche nach Anna. Sie war nicht da. Er ging zur Theke und bestellte sich ein Bier. Er hoffte, daß Anna noch eintreffen würde. Inzwischen verging die Zeit, und er hatte einige Flaschen hastig geleert.

Eine innere Stimme sagte ihm, daß Anna nicht mehr kommen würde, sondern mit ihren Naturschutzfreunden in dem Lager im Wald war. Kurz nach 21 Uhr entschloß er sich, noch einen kleinen Spaziergang über die Zeil zu machen. Stefan merkte, daß ihn der Alkohol etwas aus dem Gleichgewicht gebracht hatte. Er wollte sich jetzt aber keine Fehler erlauben, denn dafür war die Zeit zum Suchen zu kurz. Er mußte auf jeden Fall Anna finden. Während er darüber nachdachte, an welcher Stelle des Waldes er suchen müßte, spürte er in seinen Beinen eine bleierne Müdigkeit. Er konnte kaum noch weitergehen. Er blieb einen Moment stehen und schaute sich um. Er hatte gar nicht bemerkt, daß er sich schon in der Freßgasse befand. Er beschloß, erst einmal eine Verschnaufpause einzulegen.

Stefan mußte nicht lange nach einem Platz suchen, denn um die Zeit herrschte nicht viel Betrieb. Mit einem ernsten Gesicht betrat er das Café. Er setzte sich an das Fenster und konnte dabei gut die Straßenpassanten beobachten. Es könnte ja sein, daß sie irgendwo aufgehalten worden ist. „Was möchten Sie bitte haben?" weckte ihn eine Stimme. „Ein Bier bitte." In diesem Moment hätte er sich am liebsten eine Ohrfeige gegeben, denn ihm wurde bewußt, daß er vor wenigen Stunden seinen Gruppenleiter angelogen hatte und dabei auch seine Mutter mit hineingezogen hatte. Die arme Frau, dachte Stefan. Sie hatte keine Vorstellung davon, was ihr Sohn weit weg von zu Hause trieb. Ja, das habe ich getan. Stefan nickte. Aber es war ja nicht, um mich in Frankfurt zu besaufen, sondern ich will doch nur Anna finden. Offensichtlich brauchte sie doch Hilfe und wußte es selbst nicht. So dachte jedenfalls Stefan in diesem Moment.

Inzwischen hatte man ihm das Bier auf den Tisch gestellt. Stefan leerte das Glas in einem Zug und bestellte gleich ein neues. Wenige Minuten später stand ein neues gefülltes Glas vor ihm. Ein blondes Mädchen hatte es ihm serviert, und er dachte, daß er dieses Gesicht schon einmal gesehen hatte. Aus der Tiefe seiner Erinnerung tauchten die Bilder auf. Er konnte sich nicht erinnern, wo er sie schon einmal gesehen hatte. Trotzdem lächelte er sie an. Sie erwiderte sein Lächeln und wünschte ihm Wohlsein. Stefan brauchte nicht lange, um auch dieses Bier zu trinken. Er bestellte sich ein weiteres. Wie zufällig ergab sich ein Gespräch zwischen ihm und dem Mädchen. Sie setzte sich sogar für einen kurzen Moment an seinen Tisch. Bald erfuhr er, daß das Lokal in Kürze schließen würde und sie danach frei hätte. Stefan überlegte nicht lange, sondern lud sie spontan zu einem Spaziergang ein.

Eine halbe Stunde später verließen sie das Lokal mit der Absicht, in Sachsenhausen herumzubummeln. Stefan wollte aber in seinem angetrunkenen Zustand nicht das Motorrad benutzen. Deshalb überquerte er mit seiner Begleiterin Susi den Römer, und sie erreichten den Eisernen Steg, von wo aus sie nach Sachsenhausen gingen. Während der ganzen Zeit streiften seine Blicke immer wieder das Mädchen, und er fragte sich, wieso er mit einem wildfremden Menschen ging. Dabei bekam er auch Angst, daß ihnen jetzt Anna begegnen könnte. Aber der Alkohol hatte seine Wirkung getan, und Stefan begann zu lachen, betrachtete Susis vitale Gestalt mit den starken Hüften und dem großen Busen, der auf ihn aufreizend und lächerlich zugleich wirkte, denn er wußte genau, daß seine Seele und sein Herz nur Anna gehörten.

Wenige Minuten später erreichten sie Sachsenhausen. Laute Musik drang aus jedem Gasthaus, und viele fröhliche Menschen bewegten sich über die mit Pflastersteinen ausgelegten Straßen. Susi, die bisher auf Stefan fröhlich wirkte, bekam ein ernstes Gesicht. Sie sprach jetzt kaum noch. Sie sagte nur, daß sie beide jetzt einen ihrer Bekann-

ten besuchen würden. Stefan gefiel das nicht, aber dennoch
lief er schweigend hinter ihr her. Er versuchte nachzudenken. Er stellte sich die Frage, ob es vertretbar sei, einem
völlig unbekannten Menschen so gehorsam nachzugehen
und sogar dessen Freunde zu besuchen. Aber sein Denken
war längst durch den Alkohol beeinflußt. Er betrat nach
einiger Zeit ein Gasthaus, das er von draußen überhaupt
nicht bemerkt hatte. Die Kneipe war klein, kaum größer
als eine Zwei-Zimmer-Wohnung, aber sie war voller merkwürdiger, lauter Menschen. In diesem Gewirr versuchte
Stefan mühsam, Susi im Auge zu behalten, die sich energisch zur Kneipentheke durcharbeitete. Kaum daß er selbst
mit den Händen die aus Holz gefertigte Theke berührte,
bekam er ein großes Glas Bier. Sie muß es bestellt haben,
die Unbekannte, der ich wie ein Narr gehorsam gefolgt bin,
dachte Stefan, während er das Bierglas zum Mund hob. Er
trank mit großen Schlucken, wobei seine Augen über die
Gesichter der Anwesenden schweiften. In diesem Augenblick wußte er nicht so recht, wonach er suchte, er war sich
auch nicht sicher, ob er Anna in seiner jetzigen Verfassung
sehen wollte, oder ob er nach der blonden Susi Ausschau
halten sollte, die ihn hierher gebracht hatte. Stefan dachte
in diesem Moment auch an seine Schulkameraden, die er
jetzt gerne hier sehen würde, um mit ihnen gemeinsam
diese Umgebung zu verlassen.
Gleich nachdem er sein leeres Glas auf die Theke gesetzt
hatte, kam Susi auf ihn zu. „Komm, wir gehen jetzt“,
sprach sie, wobei sie ihm forschend in die Augen schaute.
Stefan erschrak ein wenig dabei, denn Susis sympathische
Augen wirkten jetzt eiskalt und zornig zugleich. Er sagte
nichts, sondern verließ mit ihr die Kneipe. Er stellte fest,
daß Susi, die vor ihm ging, von einem Typen begleitet
wurde. Stefan versuchte, seine Gedanken schnell zu ordnen. Ich kann doch jetzt einfach zur nächsten Taxe gehen
und mich zur Maschine hinfahren lassen. Denn wozu
diesem blöden Ding da weiter nachlaufen, jetzt wo so ein
Typ bei ihr ist. Außerdem weiß ich ja nicht, wo die zwei
überhaupt hingehen. Dabei gingen blitzartig die schlimmsten Vorstellungen durch seinen Kopf. Man kann mich in

eine Falle locken, um mir mit irgendeinem Gegenstand den Schädel einzuschlagen, um meine paar Mark aus der Tasche zu rauben. Stefan bekam eine Gänsehaut bei dem Gedanken, aber im gleichen Moment sagte er zu sich, daß er Susi nichts Böses getan hatte und sie sich deshalb ja nicht an ihm rächen müßte.

Kaum fünfzig Meter von der Kneipe entfernt gingen sie durch ein Tor, um von da aus die Hintertür eines Hauses zu betreten. Wenig später fand sich Stefan in einer Wohnung, die aus einem Zimmer bestand und sehr asiatisch eingerichtet war.

Der wuschelhaarige kleine Mann, der ihn und Susi hergebracht hatte, redete nicht viel, aber schien sehr unsicher zu sein. Er wühlte in einer Schublade des Bambusschrankes. Stefan konnte nicht genau sehen, was der fremde Mann aus seinem Schrank herausholte, aber der ängstliche Mann setzte sich gleich darauf hinter den Tisch. Auf den kleinen gläsernen Tisch legte er jetzt ein braunes Stück, das einer Schokolade glich. Gleich darauf befestigte er es mit kleinen Scheren und wärmte es über einer brennenden Kerze. In der Zwischenzeit hatte Susi etwas Zeitungspapier genommen und darin eine Zigarette zerbrochen, um den losen Tabak über das Zeitungspapier zu verteilen. Stefan, der ebenfalls am Tisch saß, betrachtete all dies mit Aufmerksamkeit. Es konnte sich wohl nur um eine Droge handeln. Das hat mir noch gefehlt, mit einem unbekannten Mädchen und einem kleinen Dealer in Drogenrausch zu verfallen.

Mit Angst dachte er daran, was sein Ausbildungsleiter zu all dem sagen würde. Er fand diese momentane Gesellschaft zum Kotzen, aber er konnte diese Personen, die ihm verloren vorkamen, noch verlassen, denn er hatte das grausame Gift noch nicht genommen. Er fing an zu bereuen, daß er dieser Susi das Ausgehangebot gemacht hatte. Der Dealer streute sein kostbares Gift über den im Papier befindlichen Tabak, um es anschließend in Zeitungspapier zu einer Zigarette zu drehen. Kurz darauf machte er den ersten Zug und gab die brennende Zigarette an Susi weiter, die, ohne zu warten, kräftig daran zog.

Das ist wohl das Letzte, was ich an diesem Abend tun kann. Ich hatte lügen müssen, um aus dem Lager herauszukommen, um Anna zu suchen, die meine Hilfe bitter nötig hat. Aber anstatt sie zu suchen, laufe ich mit einer fremden Frau durch die Gegend und ziehe mir mit ihr einen Joint rein, bei einem Dealer, der sich dabei amüsiert.

Stefan verstand sich in diesem Moment selbst nicht mehr und beschimpfte sich innerlich mit den schlimmsten Worten, als er die Hand nach der selbstgedrehten Zigarette ausstreckte. Ich werde nicht ziehen, ich werde sie mir nur zur Täuschung an den Mund legen und so tun, als ob es mich mitgenommen hätte. Das redete er sich tapfer ein, bevor das Papier seine Lippen berührte. Trotz all seiner Entschlossenheit schaffte er es nicht zu vermeiden, den grausamen Qualm in sein Inneres dringen zu lassen. Er spürte, wie plötzlich in seinem Hals etwas kratzte, dabei wartete er darauf, daß grüne Menschen erscheinen würden, wie erzählt wurde. Aber wie lang er auch darauf wartete, das Bild vor seinen Augen blieb das gleiche. Stefan reichte die qualmende Zigarette dem Dealer weiter und betrachtete, wie der Kleinwüchsige die Augen verdrehte bei dem kräftigen Zug, den er jetzt machte. Es reicht, ich muß mich schleunigst von diesen beiden trennen, sonst wird mir noch etwas Schlimmes zustoßen, dachte Stefan. Er hatte Angst, in ein Koma zu fallen und damit unfähig zu werden, nach Anna zu suchen.

Der Dealer, der in diesem Moment seinen zweiten kräftigen Zug aus sich herauspustete, lachte mit offenem Mund, so daß kaputte Zähne sichtbar wurden. „Na, die Bullen haben eine verpaßt bekommen", sagte er immer noch lachend zu Susi, die jetzt die Hand nach dem Joint ausstreckte. „Die haben nichts Besseres verdient, diese großmäuligen Stinker", entgegnete Susi mit leicht zitternder Stimme, deren Ton sich mehrfach innerhalb des Satzes veränderte.

Das auch noch. Diese verdammten Ratten beleidigen mich und meine Kameraden. Na, dabei werden sie nicht so leicht wegkommen. Als ihm dieser Gedanke durch den Kopf schoß, schaute sich Stefan schweigend nach einem Gegenstand um, der ihm als Schlagstock dienen könnte. Wahrscheinlich hätte er sich weiter umgeschaut, wenn der Dealer seine Rede nicht fortgesetzt hätte. „Du, ich sage dir, die Jungs sind in dem Wald so gut vorbereitet, daß sie dem Bullenangriff ein ganzes Jahr widerstehen können. Und sie werden durch neue Sympathisanten von Tag zu Tag immer stärker." – „Das ist Spitze", meinte Susi, „ich möchte so gerne dabei sein, aber du weißt doch, Fred, daß mein Boß mir wegen der Abwesenheit sofort kündigen würde. Aber ich brauche Geld. Du weißt das am besten." Sie nahm erneut einen kräftigen Zug.

Fred, so heißt er also, dieser Dealer, der anscheinend gut Bescheid über die Vermummten weiß. Am liebsten hätte Stefan ihm jetzt den Hals umgedreht, aber das hätte ihn bestimmt nicht weitergebracht. Während Stefan überlegte, versuchte er nach außen, sich nichts anmerken zu lassen, denn er hoffte jetzt, von diesem Fred mehr zu erfahren. Vor allem wollte er gerne wissen, wo die sich im Wald eingenistet haben. Die qualmende Zigarette kam erneut zu ihm, er überlegte nicht mehr lange, nahm sie an den Mund, aber diesmal behielt er den stinkenden Qualm im Mund, um ihn gleich wieder auszuatmen.

„Mann, das finde ich auch sehr toll, was die Jungs da treiben", sagte Stefan, „also ehrlich gesagt, ich hätte schon Lust, da mitzumachen." Er lächelte. Der Dealer, der bis dahin eigenartig gegrinst hatte, machte plötzlich ein ernstes Gesicht und schaute dabei Susi direkt in die Augen. „Den Jungs ist es Ernst, und die verstehen keinen Spaß, vor allem dann nicht, wenn man ein Spitzel ist. Du mußt mich verstehen, ich nehme ein Risiko auf mich", sagte der Dealer, dem auf der Stirn die ersten Schweißperlen erschienen. Susi überlegte eine Weile, bevor sie meinte: „Ach, Fred, quatsch nicht gleich Schiß, ich kenne ihn." Dabei zeigte sie mit dem linken Finger auf Stefan und sprach weiter: „Er ist okay, er ist wirklich okay. Du kannst ihm ruhig verraten, wo die Siedlung ist." Fred verzog seine Lippen und sprach jetzt mit gesenktem Kopf zu Stefan: „Na, wenn's so ist, dann werde ich deinem Freund verraten, wie er gehen soll." Eine Viertelstunde lang hörte sich

Stefan genauestens die Wegbeschreibungen an.

Das ist ein Wunder. Wie gut es war, mit diesem Mädchen auszugehen, dachte sich Stefan und entschloß sich, den Kreis zu verlassen. Er zog nicht zum dritten Mal an der selbstgedrehten Zigarette. Statt dessen stand er auf und verabschiedete sich von den beiden. Susi schaute ihn sprachlos mit weitgeöffneten Augen an, und Fred nutzte die Chance, noch einen kräftigen Zug zu nehmen. „Warum gehst du? Es fängt ja erst an, schön zu werden", sagte Susi sichtlich verwirrt. Stefan, dessen Kopf inzwischen klarer war, lächelte ihr zu und sagte, daß es ihm leid tue, aber er habe noch etwas vor. Er verließ den Raum, um sich kurz danach in der großen Menschenmenge wiederzufinden, die fröhlich durch das alte Sachsenhausen bummelte.

Stefan hatte gerade die ersten Schritte zurückgelegt, als ein eiskalter Regen vom Himmel prasselte. Er wußte nicht so recht, wo er sich befand, aber ihm war klar, daß er eine Straße suchen mußte, in der Taxen hielten. Zehn Minuten lief er durch den Regen, dann fühlte er plötzlich, wie ihm schlecht wurde. Er mußte sich hinter einem abgestellten Auto übergeben. Das war der Alkohol, der noch in ihm war, und der verdammte Jointgestank, das wußte er noch. Eine Schwäche kam über ihn. Ich kann nicht weiter, ich bin am Ende, dabei weiß ich nicht einmal, wo ich mich befinde. In diesem Moment empfand er den übermächtigen Wunsch, ein Nickerchen machen zu können, um Kräfte zu sammeln. In einem Hauseingang in einer abseits gelegenen Gasse krümmte er sich zusammen und schloß die Augen. Es regnete weiter, und das Haustor gab ihm kaum Schutz, aber Stefan fühlte keine Kälte. In seinem Körper tobte ein Fieber, von dem ihm ganz schlecht war. Ich bin doch das Letzte, was sich Anna nur wünschen kann, und wenn sie mich jetzt sehen könnte, würde sie das auch denken. Dabei wünschte er sich sehnsüchtig, daß sie in diesem Moment zu ihm käme und ihn in seiner momentanen Verfassung anschauen würde. Ja, sieh mich nur an, ich bin der Stefan aus Meinort, jawohl, ich bin der Junge, der so gerne die Zeit mit dir verbrachte. Nein, du täuschst dich nicht, Anna, ich bin besoffen und mit Drogen vollgepumpt, und all das habe ich nur dir zu verdanken. Dies waren Stefans Gedanken, bevor er in Schlaf fiel.

Er wurde von der eisigen Kälte wach, die bis auf die Knochen spürbar war. Sein Zustand war grausam. Stefan zitterte am ganzen Körper und konnte sich nicht beherrschen. Er bekam Angst, als er merkte, wo er sich befand und was er tat. Mühsam raffte er sich auf und blickte sich um, so als wolle er sich vergewissern, daß er eine Nacht schlafend in einem Hausflur verbracht hatte. Er schaute sich dabei um, ob man ihn beobachtet hatte, denn diese Scham hätte er nervlich nicht überstanden. Mit schnellen Schritten ging er über die Straße.

Nach etwa zwanzig Minuten Fußmarsch erreichte er einen Taxistand, wo mehrere Fahrzeuge bereitstanden. Stefan schämte sich, als er zu dem ersten Fahrer ging und in das Auto stieg. Ja, du siehst aus wie ein Obdachloser, stinkst, bist durchnäßt, durchgefroren und dabei noch so jung. Das würde mir der Fahrer bestimmt ins Angesicht sagen, wenn er den Mut dazu hätte. Diese Gedanken quälten Stefan, als er auf dem Beifahrersitz Platz nahm.

„Wo soll's denn hingehen?" fragte der Mann hinter dem Lenkrad. Zurück zur Ausbildungsschule, um mich schnellstens ins warme Bett legen zu können. Das hätte Stefan am liebsten geantwortet. Aber das würde bedeuten, daß die Ausgangssperre wieder für ihn zuschnappt, ohne daß er dabei sein Ziel erreicht hätte, Anna aus der Waldsiedlung zu entfernen und in Sicherheit zu bringen. Am besten geeignet wäre zu Hause, dachte Stefan, ja, Herrgott noch mal, bekräftigte er seine Gedanken, ich habe aber noch nicht das erledigt, was ich mir vorgenommen habe.

Er sah den Taxifahrer an und sagte, er solle ihn dorthin fahren, wo man zu dieser frühen Morgenstunde etwas Warmes zu essen und trinken bekäme. „Hm, seltsamer Fahrgast." Diese Bemerkung machte der Fahrer und verzog das Gesicht. Am Hauptbahnhof hielt das Auto. „Hier findest du, was du suchst, und die Fahrt macht achtzehn Mark dreißig", sagte der Fahrer und schaute nach, ob der Beifahrersitz sauber geblieben war. Stefan zog das Portemonnaie, bezahlte die Fahrt und verließ das Auto.

In einer Bahnhofsgaststätte bestellte er sich zwei heiße Rindswürstchen mit Brötchen und dazu ein Kännchen schwarzen Kaffee. Er hätte sich am liebsten geschämt, so ungewaschen, ungekämmt und durchgefroren wie er jetzt war, aber er mußte feststellen, daß es in der Gaststätte fast nur Männer in einem derartigen Zustand gab. Aber dies beruhigte ihn nicht. Er begann sich über die Geschehnisse der letzten Nacht Vorwürfe zu machen. Es störte ihn sehr, daß er sich einer fremden Person anvertraut hatte, die ihn führte, ohne daß er von ihr überhaupt etwas wollte. Liebe wollte er nicht, bestimmt nicht, denn die Liebe zu Anna fühlte er ganz stark, und nicht einmal in Gedanken konnte es für ihn eine andere Frau geben, die Anna ersetzen könnte. Stefan regte sich über sich selbst auf, als er daran dachte, daß er mit dieser Susi gemeinsam die Droge genommen hatte. Um anschließend die Nacht im Regen schlafend zu verbringen. Seiner Meinung nach war das einzige Gute in dieser Nacht, daß er von dem Dealer erfahren hatte, wie er zu der Waldsiedlung gelangen konnte, in der er Anna zu finden hoffte.

Es war sieben Uhr morgens, die erste Helligkeit zeigte sich über der Stadt. Stefan entschloß sich nach einstündigem Aufenthalt im Bahnhof, das Lokal zu verlassen, um mit dem Taxi zu seinem Motorrad zu fahren. Zwanzig Minuten später stand er auf der Zeil, schloß die schweren Ketten an seiner Maschine auf, um gleich darauf in Richtung Flughafen zu fahren. Er wurde durch den kalten Fahrtwind schnell wach. Auf der Bundesstraße standen einige Polizeiautos. Er kam jetzt an eine Kreuzung, wo er links in den Wald abbiegen mußte. Dabei bemerkte er rechtzeitig, daß der Waldweg mit zwei Polizeiautos und dessen Besatzung gesperrt war. Stefans linke Hand zog blitzartig die Gashebel an, um den Beamten nicht aufzufallen, er fuhr am Waldweg vorbei, um nach einigen hundert Meter zum Stehen zu kommen. Die Geschwindigkeit des Motorrads war auf Minimum gedrosselt, als Stefan die Maschine in den Wald hineinlenkte, um dadurch die Posten an der Kreuzung zu umgehen. Mühsam begann er jetzt das schwere

Motorrad zwischen den Bäumen zu lenken. Dabei versuchte er, die Richtung zur Waldsiedlung beizubehalten.
Nach einiger Zeit des anstrengenden Fahrens kam er auf einen Waldweg zu. Jetzt drückte Stefan das Gas, soweit es ging, nach unten, und unauffällig fuhr sein Motorrad auf die Straße. Er stellte fest, daß seine Vorsicht sich ausgezahlt hatte, denn auf der rechten Seite des Weges, fünfzig Meter von ihm entfernt, stand ein Mannschaftszug. Stefan überquerte die Waldstraße und war froh, daß ihn niemand dabei bemerkt hatte. Fünf Minuten später kam er zwischen einigen Holzbaracken und Zelten an. Das ist es, ich habe es erreicht, das waren seine ersten Gedanken, wobei er weiter in das Innere der Siedlung fuhr. Nachdem er dem Anschein nach das Zentrum der Siedlung erreicht hatte, hielt Stefan seine Maschine an und nahm den Schutzhelm ab, um besser sehen zu können.
Überall saßen Menschen in zerfetzten Klamotten auf dem Boden, sie kamen ihm so armselig vor, als hätten sie tagelang nichts zu essen bekommen. Es wird schwer sein, Anna unter diesem Haufen zu finden, und ich kann nur von Glück reden, wenn das überhaupt klappt, überlegte er, während seine Blicke langsam über die Menschen und die Transparente schweiften. Plötzlich staunte Stefan nicht schlecht, als er den Typ vorbeilaufen sah, mit dem er in der Disko eine gewaltsame Auseinandersetzung gehabt hatte. Blitzartig packte Stefan ihn an der rechten Schulter. „He du, kennst du mich noch?" schrie er ihn jetzt an. „Aber klar, tust du doch! Jetzt hör mir mal gut zu! Entweder du sagst mir, wo Anna sich hier befindet, oder ich mach das, was ich schon einmal vorhatte, nämlich dir sämtliche Knochen zu brechen. Ist das klar?"
Der junge Mann, der ungepflegte lange Haare trug und sein Gesicht anscheinend seit mehreren Tagen nicht gewaschen hatte, befand sich noch unter Schock, als er zitternd mit einigen Handbewegungen und ein paar Worten erklärte, wo sich Annas Lagerplatz befand.
Ohne auf die inzwischen versammelten Personen zu achten, deren Blicke mittlerweile ihm galten, fuhr Stefan auf seiner Maschine durch die Siedlung weiter. Er erreichte

das aufgerichtete Zelt, dessen Farbe vor Dreck nicht mehr
deutlich zu erkennen war. Hier ist sie, falls dieser Typ mich
nicht angelogen hat, waren Stefans Gedanken, während er
die Maschine abstellte. Dabei schaute er sich in der Hoffnung um, Anna zu sehen. Trotz seines aufmerksamen
Blickes konnte er sie nicht entdecken. Stefan überlegte
nicht lange und begab sich zu dem verschmutzten Zelt.
Mit einer Handbewegung klappte er die Eingangsplane
hoch. Das Bild, das sich jetzt seinen Augen bot, ließ ihn
sprachlos werden. Er sah, wie Anna auf einer abgenützten
Bettmatratze lag und mit einer Jacke bedeckt war, aber
ihre Arme und der nackte Oberkörper lagen um einen
Fremden, dessen Gesicht Stefan nicht deutlich sehen konnte. Sie ist nackt, nackt neben einem anderen Mann, der sie
liebt, dachte Stefan. Sein Herz schlug wild.
Anna spürte indessen, daß sie beobachtet wurde und schaute
Richtung Ausgang. Dabei konnte sie Stefans Gesicht sehen, an dessen Stirn Schweißtropfen sichtbar wurden.
Sehr aggressiv klappte er die Plane zu und ging zu seinem
Motorrad. Anna rannte ihm nach. Stefan blieb stehen. „Ich
muß dir alles erklären", rief sie ihm zu. Die Worte ignorier-
te er einfach. Er sah immer noch das Bild: Anna mit einem
anderen im Bett.
„Du sturer Bock, renn nicht weg, als wäre die Welt unter-
gegangen", sagte Anna, als sie ihn an der Schulter packte
und gewaltsam zu sich umdrehte. Stefan vermied, sie
dabei anzusehen. Er schaute über sie hinweg. „Du denkst
an was Falsches, an etwas, was nicht geschah", sprach
Anna weiter auf ihn ein. Diese Worte erregten Stefan
sehr, und er hielt es nicht länger aus zu schweigen. „Ach,
so ist das wohl. Du hast den Mut, mich weiterhin zu betrügen, auch nachdem ich dich mit dem da gesehen habe",
dabei zeigte er mit der Hand in Richtung Zelt, aus dem
Anna herausgekommen war. „Bemühe dich nicht, mir
etwas zu erzählen", fuhr er fort, „ich habe mich eben davon
überzeugt, was ich schon lange vermutet habe. Ich finde es
aber nicht fair von dir, daß du selbst es mir nicht gesagt
hast."
„Was denn, Stefan? Was hätte ich dir sagen sollen?" fragte

Anna. „Es gibt nämlich nichts zu erzählen, das sollst du endlich begreifen. Und da drin in dem Zelt war auch nichts, das sollst du auch wissen."

„Ha, du willst mir weismachen, daß zwischen dir und dem Typen, der noch auf der Matratze schläft, nichts passiert ist", sagte Stefan spöttisch. Er schwieg nach diesem Satz und schaute sich Anna genauer an.

Sie trug Jeans, an denen mehrere Schmutzflecken deutlich zu sehen waren. Ihr Pulli war nicht gerade der sauberste, genauso wie ihr Gesicht und die Haare anscheinend mehrere Tage kein Wasser gesehen hatten. Bei dieser Beobachtung fiel ihm allmählich ein, warum er hierher gekommen war.

„Du, Anna", begann er leise, „hast du noch Schmerzen von den Verletzungen?"

„Ach was", sagte sie, wobei es Stefan vorkam, als hätte er in ihrem Gesicht einige Tränen gesehen, „der Schmerz ist weg, und ich fühle mich wie neugeboren und mit voller Kraft dabei."

„Wo bist du mit voller Kraft dabei?" wollte er wissen, wobei sein Ton schon etwas härter klang.

„Begreifst du denn nicht, was hier vorgeht?" begann sie jetzt eifrig auf ihn einzureden, „schau dich nur um, und du wirst sehen, daß um dich herum eine Siedlung steht, eine Siedlung voller Menschen, die bereit sind zu kämpfen, um dadurch ein Stück Natur zu retten."

Nach diesem Satz schwieg sie und sah zu, wie Stefan langsam beide Hände über den Kopf hob und dabei tief atmete. „Ich begreife das ganze, so gut, wie ich kann, aber ich kann bei der ganzen Sache einiges nicht begreifen. Das erste wäre: Warum können deine Freunde nicht begreifen, daß manche Dinge auf dieser Welt nicht zu verändern sind oder nur schwer durchführbar sind. Dabei denke ich vor allem an die Überbevölkerung auf unserem Planeten und an die Zigtausende von Menschen, die täglich durch Hunger sterben müssen. Findest du, daß man diese Probleme auf dem bestmöglichen menschlichen Wege lösen muß?"

Anna nickte zustimmend und ließ Stefan ungestört weiterreden. „Ja, ich bin auch dafür, Anna, daß man es schafft,

daß auf unserer Erde kein Mensch verhungert, aber es ist
eine enorme Aufgabe, die die heutige Welt nicht schaffen
kann. Um sie aber lösen zu können, muß die heutige Zeit
weiter auf Fortschritt setzen. Dabei werden die einzelnen
Länder auf das Miteinander-Arbeiten noch stärker angewiesen sein als bisher. Da es aber zur Zeit nichts Besseres
und Schnelleres gibt als das Flugzeug, ist man gezwungen,
die Flughäfen zu erweitern. Oder möchtest du lieber diese
Zivilisation in das Steinzeitalter zurückversetzen?"
Stefan machte eine Verschnaufpause, bevor er weiterrede-
te: „Aber deine Freunde wollen das anscheinend nicht begreifen. Statt dessen werfen sie Steine und beschießen uns
aus den Schleudern mit Stahlkugeln. Ich wette mit dir,
wenn sie Feuerwaffen hätten, würden diese auch glatt be-
nutzt werden. Dabei ist das ganze doch sehr traurig, wenn
ich daran denken muß, welch ein Vorbild diese Menschen
für die künftigen Naturschützer sind. Mich wird es nicht
wundern, wenn man in einigen Jahrzehnten Kriege miteinander führen wird, um einen Baum zu retten. Aber du,
Anna, du gehörst ganz bestimmt nicht dazu, und hör auf
mich, bitte, wenn ich das sage, nimm deine Sachen und
komm mit, bevor es zu spät ist." Diesen Satz sprach er
deutlich betont aus.
Er mußte nicht lange auf eine Antwort warten. „Du hast
mich nicht verstanden, Stefan, als ich vorhin sagte, daß ich
zu diesen Menschen hier gehöre und mit ihnen gemeinsam
für die Erhaltung unserer Wälder kämpfe. Ich möchte dir
aber erneut begreiflich machen, daß der Mensch ohne die
Natur nicht am Leben bleiben kann, oder daß der Mensch
durch Zerstörung der Natur seinem eigenen Leben ein
Ende setzt. Aus diesem Grunde bleibe ich hier und tue
etwas dagegen."
Stefan wurde zornig, als er hören mußte, daß Anna beab-
sichtigte, weiterhin im Lager zu bleiben. „Na gut, meinetwegen, bleibe hier und verhindere den Flughafenausbau,
aber eines soll dir klar sein, daß woanders die Flughäfen
entstehen, womöglich in dem Augenblick, wo man dir hier
den Schädel einschlägt." Nachdem er ihr dies gesagt hatte,
stieg er auf seine Maschine und ließ den Motor an. Anna

kam zu ihm heran. „Ja, das kann sein, aber ich fürchte mich davor nicht, denn ich weiß, wofür ich kämpfe." Stefan verlor die Sprache, als er das hörte. Als Antwort winkte er nur mit der Hand ab und fuhr davon.

Eine Stunde später war er im Ausbildungslager. Auf seinem müden Gesicht zeichnete sich ein wenig Freude ab, als er daran dachte, wie er die Polizeipatrouillen austrickste, nachdem er das Waldlager verlassen hatte. Mit entschlossenen Schritten ging er jetzt den Weg zum Büro des Ausbilders, um sich rechtzeitig zu melden, aber er wurde von dessen Stimme auf den Appellplatz gerufen, wo jetzt die ersten seiner Schulkollegen mit voller Einsatzausrüstung erschienen.

„Komm nur her und beeile dich gefälligst", schrie ihn Schulze von der Mitte des Platzes an. Stefan schaute etwas verwirrt den kleinen Mann an, der ihn so aggressiv zu sich rief. „Du hast mein Vertrauen in dich verspielt, du Lügner! Schämen sollst du dich wegen deiner Lügen." Schulze schimpfte wütend: „Du wolltest mich wohl für blöd halten, aber ich habe mich genau erkundigt über die Kranken zu Hause und verspreche dir, daß du das noch bereuen wirst." Er teilte Stefan mit, daß dessen Lügen durchschaut worden wären, und forderte ihn auf, die Einsatzuniform anzuziehen und sich schleunigst auf den Appellplatz zu begeben.

Du verdammter Hund, du hast zwar richtig getroffen, aber deine Worte können mich nicht im geringsten schrecken, waren Stefans Gedanken, als er Schulze den Rücken zudrehte und mit langsamen Schritten zu den Unterkunftsräumen ging. Eine Viertelstunde später trug er die Einsatzuniform, aber er konnte seine Gedanken nicht ordnen. Stefan sah für einen Moment noch das Bild, wie Anna nackt bei einem anderen lag, aber das Bild verschob sich, und statt dessen erschien ihm die Polizeipatrouille, die das Waldlager umkreist hatte. Bei dieser Vorstellung erschrak er ein wenig, denn an dieser Patrouille hätte sein ganzes Berufsleben scheitern können.

Wieder ertönte die Stimme des Gruppenleiters, der ihn in Anwesenheit seiner Kameraden herunterputzte. Diesen Menschen werde ich nie sympathisch finden, und ich werde froh sein, wenn die Zeit kommt, zu der wir uns beide Lebewohl sagen. Stefan empfand jetzt einen unermeßlichen Zorn auf den Gruppenleiter, denn er hatte soeben von ihm erfahren, daß nicht einmal vor der Familie des Auszubildenden haltgemacht wurde, wenn es in seinem Interesse war.

Immer noch voller Zorn schaute Stefan aus dem Fenster des Mannschaftsbusses. Er begann jetzt langsam zu begreifen, daß er wieder in Uniform war und mit aller Wahrscheinlichkeit zusammen mit den anderen in einen Einsatz geschickt wurde. Das wird wohl wieder ein Streich gegen die Flughafengegner sein, dachte er, wobei ihn der Gedanke an Anna durchzuckte. Sie ist da! Anna steht auf der Barrikade. Womöglich vermummt und mit einer Gummischleuder in der Hand. Stefans Körper zitterte leicht. Ich habe doch alles versucht und ziemlich viel über mich ergehen lassen, um sie zu warnen, aber sie ist stur, weiß immer alles besser. Mein Gott, hoffentlich ist sie nun zur Vernunft gekommen und macht diesen Wahnsinn nicht mehr mit. Beim Nachdenken über Anna geriet Stefan wieder ins Schwitzen.

Unterdessen bewegte sich die lange Polizeikolonne dem Flughafen zu, um kurz nach den großen Gebäudekomplexen auf eine Landstraße abzubiegen. Stefan brauchte nicht aus dem Fenster hinauszusehen, um festzustellen, wohin die Reise ging, denn sein inneres Gefühl verriet ihm, daß er sich Anna näherte.

Der Konvoi bog in einen Waldweg ein, in den Waldweg, wo vor wenigen Stunden die zwei Patrouillenfahrzeuge die Zufahrt versperrt hatten. Stefan wußte, daß die Entfernung zur Siedlung und zu Anna ganz gering war. Er begann fieberhaft zu überlegen, wie er sie vor der aufkommenden Gefahr warnen könnte. Er stellte sich immer wieder das Bild vor, wie Anna ihre Liebe einem anderen gab. Diese Vision sollte seine Gefühle auslöschen, aber vergebens. Die Liebe zu ihr entzündete sich erneut.

Nachdem sich die Mannschaftsfahrzeuge über den Waldweg bewegt hatten, bekamen die Fahrzeugführer den Befehl anzuhalten. Sofort folgte der Befehl an die Mannschaften, auszusteigen. Fünfzig Meter trennten ihn jetzt von Anna. Er wußte genau, welcher Weg zu ihrem Zelt führte. Stefan war geistig völlig abwesend, als der Befehl zum Vorrücken kam. Er sah plötzlich die langen schwarzen Schlagstöcke, die ihm noch nie so bedrohlich vorgekommen waren. Sie werden sie jetzt in ihrem Zelt finden und sich bestialisch auf sie stürzen, dabei ihren Körper mit Schlägen auseinandernehmen, die unerträgliche Schmerzen hervorrufen, und sie werden ihr sanftes Gesicht bis zur Unkenntlichkeit bearbeiten. Diese Gedanken trieben ihn dazu, aus der Kolonne herauszurennen in Richtung Waldsiedlung und dabei Schulzes warnende Stimme zu ignorieren. Die wenigen Minuten, die er bis zu den ersten Zelten brauchte, kamen Stefan wie eine Ewigkeit vor.

„Anna, komm heraus, du kannst dich nicht verstecken. Sie werden dich finden. Komm heraus, Anna, und renn davon, es hat keinen Zweck mehr, sie kommen jetzt." Er schrie es aus sich heraus, als er bereits zwischen den Zelten stand. Nach den ersten Zeltreihen, die menschenleer waren, bog Stefan nach links ab, wo Annas Zelt stand, aber er kam nicht weiter, weil vor ihm eine lebende Wand aus Menschen stand, deren Gesichter nicht zu sehen waren.
„Anna, ich weiß, daß du da bist zwischen diesen unzähligen Vermummten, aber ich sage es dir zum letztenmal, gib auf, es hat keinen Zweck, ihr habt verloren." Diesen Satz wollte er noch aussprechen, da spürte er plötzlich einen Schlag am Kopf, von dem ihm ganz schlecht wurde. Schreiend fiel er zu Boden. Aus seinem Schutzhelm floß Blut. Krampfhaft rang er nach Luft, da löste sich plötzlich eine vermummte Gestalt auf der Barrikade und rannte zu ihm. Annas Worte verwandelten sich in verzweifeltes Schreien, als sie Stefan sterbend am Boden liegen sah. Ihre Hände griffen nach seinem zerfetzten Kopf, um ihn von dem Helm zu befreien und in ihren Schoß zu betten.

Die Hitze spürte er am ganzen Körper, und seine Augen erkannten ganz vernebelt eine schwarze Maske, hinter der sich ein Gesicht verbarg. Die sonnigen Tage, die er mit Anna in Meinort verlebte, und die Liebe und die Wärme, die sie ausstrahlte, hatten sein bisheriges Leben glücklich gemacht. Jetzt sah er ein Phantom über sich knien. Aber Stefan war sich sicher, ganz sicher, daß hinter dieser Maske ein Herz schlug, das ihm gehörte. „Lauf weg, lauf weg, Anna", versuchte Stefan sie zum letzten Mal in seinem Leben zu warnen. Aber sie konnte es durch den Lärm eines anfliegenden Flugzeuges nicht verstehen.